# 港生活‧學正字

田南君‧著

# 序言

　　《禮記‧學記》説:「君子之於學也,藏焉,修焉,息焉,遊焉。」大意是指:君子在學習方面,不但要把學過的知識牢記在心裏,更要時時學習,即使是休息或遊樂時,也不能夠鬆懈。筆者不敢以君子自居,卻深信學習不一定只限於教室裏——其實只要踏出校門、走到街上,一樣有許多學習語文的機會。

　　也許是職業病的關係,每當走到街上,我都會格外留意招牌、海報、單張、餐牌中的錯別字:「『榨』菜」成「『炸』菜」、「『迅』步」作「『信』步」……諸如此類,比比皆是,結果錯別字成為了這個城市的另一道風景,輕則讓人啼笑皆非,重則會產生歧義,造成許多不方便。

　　之所以有這麼多人寫錯別字,究其原因,大致有三:(一)電腦輸入法的盛行導致執筆忘字,如「歪」和「丕」的頭、尾倉頡碼都是「一」,因而出現混淆(見〈「不正」與「不一」〉);(二)部分簡化字轉換成繁體字時出現謬誤,如「后」是固有繁體字,也是「後」的簡化字,因而出現混淆(見〈「後」與「后」的美麗誤會〉);(三)未能掌握漢字的字形結構和字義演變,譬如將表示穀物的「粱」誤寫為表示木橋的「梁」(見〈「粱」是穀,「梁」是木〉)。

　　所謂上行下效,成人寫錯別字尚且如此嚴重,更何況是莘莘學子?同時是補習導師的筆者,對此感受自然匪淺:筆者不忍心錯別字成為同學的家常便飯,因而決定編寫這本《港生活‧學正字》。

《港生活‧學正字》全書共 30 課，每課均舉出一個日常生活中的別字，並配以實地拍攝的照片，加強真實感；同時為部分文字附以甲骨文及金文的寫法，務求圖文並茂地講解文字形、音、義的演變，讓讀者輕鬆理解和掌握文字的正確寫法。

　　此外，每課均設「文字辨析」，共搜羅 360 組常見的正字及別字，並配以例句及辨析，務求讓讀者加深印象，從而改善寫錯別字的情況。本書更設有 6 個「『字』測加油站」，通過共 180 道題目，讓讀者溫故知新，評估學習進度。

　　實地拍攝錯別字固然是一大賣點，可是書中體例、例子、字眼適合與否，同樣重要，必須以學生的程度和能力為考慮點。因此，在編寫過程中，筆者多次向同學、家長、同工請教，幸得他們的寶貴意見，才能讓本書的內容和架構更臻完善。在此，筆者要向他們致以萬二分感謝！希望本書能像它的標題——《港生活‧學正字》——那樣，讓學生在「生活」裏學習「正字」，並將「正字」應用到「生活」中，從而扭轉寫錯別字的風氣。

**田南君**
庚子四月初夏

# 目錄

# 第一部分

# 字形
# 相近

# 1 同中有異的「人」與「入」

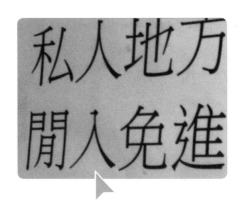

（誤）閒入　（正）閒人

上圖告示牌前句的「私人」解作「個人」。與這個私人地方無關的人，自然不能內進。對於無關重要的人，我們會稱為「閒人」，可是告示牌卻寫作「閒『入』」，可見「入」在這裏是別字。

「人」和「入」的字形相似，筆順都是先「丿」後「乀」，可是，前者用「丿」蓋「乀」，後者用「乀」蓋「丿」，剛好相反。原來，這兩個字的最初寫法是完全不一樣的。

「ᐟ」是「人」的甲骨文寫法，可以清楚看到「人」的頭部、身體、手臂、腿部，是一個完美的象形字（見下頁）。東漢學者許慎在《說文解字》中說：「人……象（像）臂脛（讀【敬】，腿部）之形。」可見，「人」的本義就是「人類」。

至於「入」，它的甲骨文寫法是「∧」，就像一個箭頭，指出了事物「內進」的方向。這個符號，大家是否似曾相識呢？對了！作文時，如果我們想臨時加入詞句，就可以用上「∧」這個符號，來表示「插入」文字，這跟「內進」的意思非常接近呢！

　　到金文、小篆時代，「人」和「入」的寫法都沒有大的改變。直到秦漢之際，人們為了簡化書寫的筆畫，於是創造了「隸書」。由於「𣎺」的寫法複雜，難以快速書寫，因此當時的人就將它改寫成「人」——既能減省筆畫，也能保持人形，所以一直沿用至今。

　　然而，隸書的「人」跟「∧」的外形相近，為免混淆，人們於是把「∧」改寫成今天的「入」。雖然是改寫了，可是後人卻逐漸把「人」和「入」混淆起來，可以說違背了前人的原意呢！

　　當然，大家可以用電腦輸入法來分辨這兩個字：用倉頡輸入法的，就是「人」和「人竹」之別；用粵語輸入法的，就是「yan」和「yap」之別；用漢語輸入法的，就是「ren」和「ru」之別……可是，不論科技如何進步，手寫文字依然是學習語文的基本功，因此大家還是好好記住這兩個字的分別吧。

# 文字辨析

## 1 命**令** ✓ 命**今** ✗

**例句** ❶ 一接到**命令**，士兵馬上前往災區進行救援。

❷ 這篇文章評論**當今**社會各種問題，真是一針見血。

**辨析** 「今」由「亼」（張開的嘴巴）和「乀」（舌頭）組成，本義是「呻吟」，後來被借來表示「當今」、「現在」。

「令」則由「亼」（張開的嘴巴）和「卩」（跪地的僕人）組成，表示主人開口命令僕人，因此「令」的本義就是「命令」。

## 2 請**勿** ✓ 請**匆** ✗

**例句** ❶ 疫情嚴峻，大家與人見面時，**請勿**握手。

❷ 吃過午飯後，子華就**匆忙**上學去了。

**辨析** 「勿」的甲骨文由「刀」和幾個「、」畫組成，本義是「割斷」，是「刎」字的最初寫法。後來，「勿」逐漸用作否定詞，表示「禁止」。

「匆」是「囪」（意指「窗口」）的變形，因此「聰」可俗寫為「聡」、「蔥」可俗寫為「葱」。後來，「匆」才表示「匆忙」、「匆匆」。

## 3 **撲**殺 ✓ **僕**殺 ✗

**例句** ❶ 許多瀕臨絕種的動物被獵人大量**撲殺**。

❷ **僕人**恭恭敬敬地目送主人離去。

**辨析** 「撲」讀【樸 pok3】，屬「手」部，本指「用手擊打」，「撲殺」就是「擊殺」。

「僕」讀【瀑 buk6】，屬「人」部，本指「僕人」，後來也用作人稱代詞，相當於「我」。

## 4　楷書 ✓　諧書 ✗

例句　❶ 學習書寫字形方正的**楷書**，可以培養正直的品性。
　　　❷ 客廳家具和牆壁的顏色襯托得十分**和諧**。

辨析　「楷」本讀【街】，指的是「楷樹」，是一種剛正的樹木，因
　　　此引申為「楷模」、「楷書」等字義，這時則讀【kaai2】。
　　　「諧」本指言語上的「和諧」，故此屬「言」部，後來才引申
　　　為各種關係的協調。

## 5　打破紀錄 ✓　打破記錄 ✗

例句　❶ 在本屆運動會裏，有同學打破了三項個人**紀錄**。
　　　❷ 這本筆記詳細**記錄**了我在旅途中的所見所聞。

辨析　「紀」本寫作「己」，像用來捆綁東西的繩子，後來加上「糸」
　　　部，並引申出「紀律」、「綱紀」等字義。「記」屬「言」部，
　　　表示記下事情。
　　　「紀」和「記」都可以用作動詞（紀念、記下）和名詞（紀律、
　　　日記），可是當與「錄」搭配，「紀錄」一般只用作名詞，「記
　　　錄」則多作動詞用。

## 6　典籍 ✓　典藉 ✗

例句　❶ 他身無長物，卻為子孫遺留了許多珍貴的**典籍**。
　　　❷ 他總是拿「忙」來當**藉口**，對家人不聞不問。

辨析　「籍」本指古代記錄戶口等資料的檔案文書。由於古人用竹
　　　簡記載資料，因此「籍」屬「竹」部。
　　　「藉」讀【謝】，本指陳列祭品用的墊子，多用植物織成，因
　　　此屬「艸」部，後來引申出「藉口」、「憑藉（讀【直】）」
　　　等字義。

## 7　萬事俱備 ✅　萬事具備 ❌

例句　❶ 現在萬事俱備，若有突發狀況，大家就隨機應變吧。

　　　❷ 誠實是我們應該具備的美德。

辨析　「俱」屬「人」部，讀【驅】，本義是「一起」、「全都」，「萬事俱備」就是指所有事情都預備好。

　　　「具」的本義是「準備」，「具備」的意思就是「擁有」，跟「俱備」是不同的。雖然「具」在古代與「俱」相通，可是如今已經再沒有「俱」的意思了。

## 8　儘快 ✅　盡快 ❌

例句　❶ 這件事要儘快辦好，免得節外生枝。

　　　❷ 他雖然竭盡所能，但始終不能奪得冠軍。

辨析　「盡」的甲骨文寫法是一隻手拿着刷子，清洗器皿，意指「飲食完畢」，故此「盡」帶有「盡頭」、「用光」之意，如「盡心盡力」、「竭盡所能」。

　　　「儘」讀【准】，意指「力求達到最大限度」，強調「力求」，卻不求是否做到，因此「盡量」應寫作「儘量」，「盡快」應寫作「儘快」，因為這兩個詞語是指「力求達到」最大的數量、最快的速度，而非「用盡」數量與速度。

## 9　一顆流星 ✅　一棵流星 ❌

例句　❶ 一顆流星劃破了夜空，轉眼就不見了。

　　　❷ 一棵高大的松樹屹立於懸崖陡壁之上。

辨析　「顆」屬「頁」部，字義與頭部有關，本義就是「小頭」，後來引申為量詞，計算小而圓的物件。

　　　「棵」屬「木」部，本指植物莖部，後來用作植物的量詞。

## 10　聘請 ✅　騁請 ❌

例句　❶ 一家公司**聘**請爸爸做法律顧問，卻被他婉拒了。

　　　❷ 大將軍李廣一生在沙場上縱橫馳**騁**，屢建奇功。

辨析　「聘」讀【拼 ping3】，屬「耳」部，本義為「聘問」，指諸侯間互相派使者訪問，由於帶有「恭請」的含義，故此後來引申為「聘請」。

　　　「騁」讀【請】，屬「馬」部，本義為奔跑。「馳騁」就是指「奔馳」，後來比喻在某個界別表現活躍。


## 11　延期 ✅　廷期 ❌

例句　❶ 如果明天下雨，那麼運動會就只好**延**期。

　　　❷ 梁山泊的一眾好漢，有的最後歸順了朝**廷**。

辨析　「延」起初由「彳」和「止」組成，表示在路上步行，本義是「遠行」。遠行的路程必定是漫長的，因此後來引申出「延長」、「蔓延」、「拖延」等字義。

　　　「廷」的本義是堂前的空地，後來指王宮外的無蓋空地，是君王接見臣子的地方，也就是「朝廷」。


## 12　損失 ✅　捐失 ❌

例句　❶ 這場洪水所帶來的**損**失實在太大了。

　　　❷ 這位博士把全部藏書捐**獻**給圖書館。

辨析　「損」讀【選】，屬「手」部，本義是「減少」。「損失」、「損耗」、「破損」都帶有這個意思，分別強調財物、資源、皮膚上的「減少」。

　　　「捐」讀【娟】，本義是「放棄」，後來才引申為「捐獻」，表示放棄財物，去幫助別人。

# **2** 「單企人」與「雙企人」

誤 **遷住**　正 **遷往**

　　某大廈內的一家店舖因為要搬遷到其他樓層，於是在大堂張貼搬遷啟事，卻不慎寫了別字「住」。相信事後有人發現並「補飛」，在旁邊加回一筆「丿」畫，寫回正確的「往」字。

　　「住」屬「人」部，本義是「停止」，後來引申為「居住」，意指「停」在某地居留。

　　在粵語裏，「住」經常被用在動詞的後面，表示動作的停止。譬如：「咪玩住！」、「唔好走住！」等等，當中的「住」就帶有「停止」的意思，告訴對方停止某動作。能夠如此保留古意，可見粵語的確不是「蠻夷之語」。

　　正因為解作「停止」，因此圖中的「住」跟「遷」是不能搭配的。「遷」

是指人或事物搬遷到其他地方，是帶有動態的，因此，「住」應該改為表示「去」、「到」的「往」。

「往」最初寫作「𡥀」，就是解作「前往」。「𡥀」這個字十分特別，上面的部件「屮」是一隻腳掌，表示步行「前往」；下面的部件「王」是聲符，表示讀音。後來為了強調「步行」前往，人們於是在「𡥀」的左邊加上「彳」（讀【斥】）部，並將「𡥀」簡化成「主」。從此，「往」的寫法就被確定下來，直到今天。

「住」和「往」容易被混淆，是因為它們的偏旁——「亻」和「彳」——只有一撇之差。「亻」俗稱「單企人」，而「彳」則俗稱「雙企人」。「亻」部固然與「人」有關，可是「彳」跟「人」卻無太大關係，反而與「行走」有關。

「彳」這個部首源於「行」。「行」的甲骨文寫作 ，好像一個四通八達的十字路口（見右圖），本義就是「道路」。「道路」是人走出來的，「行」因而引申出新字義——行走。後來，有人把「行」分拆成「彳」、「亍」（讀【促】）兩個字，分別指左步和右步，並創造出詞語「彳亍」，指緩步慢行。

# 文字辨析

---

### 13 　吹**捧** ✅　　吹棒 ❌

例句 ❶ 我們要實事求是地評價別人，不要胡亂**吹捧**。

　　 ❷ 他無故被人用**球棒**打傷了，現在要留院觀察。

辨析 「捧」屬「手」部，本來指用兩手承托、托起，「吹捧」就是指吹噓並抬起別人的身價；後來「捧」也指按着，譬如「捧腹大笑」。

　　 「棒」屬「木」部，本義為棍子，譬如「球棒」，用作狀語時則指打人的方式，譬如「棒打」。

---

### 14 　出**謀**劃策 ✅　　出**媒**劃策 ❌

例句 ❶ 郭嘉是曹操的心腹，經常替曹操**出謀**劃策。

　　 ❷ 各大**媒**體都紛紛報道他的英雄事跡。

辨析 「謀」的本義為「圖謀」、「算計」，與語言有關，故此屬「言」部。

　　 至於「媒」，《說文解字》這樣解釋：「媒……謀合二姓。」「媒」的本義就是撮合婚姻，所以屬「女」部，後來引申為介紹婚姻的人，譬如「媒人」，再引申為撮合雙方的中介，譬如「媒體」、「傳媒」等。

---

### 15 　**迥**然不同 ✅　　迴然不同 ❌

例句 ❶ 這對雙胞胎樣貌相像，個性和興趣卻是**迥**然不同。

　　 ❷ 美妙的琴韻一直在聽眾的腦海中**迴**旋。

辨析 「迥」讀【囧 gwing2】，本義為「遙遠」，後引申為差異極大，譬如「迥然不同」。

　　 「迴」是「回」分化出來的字，特別強調「旋轉」、「掉轉」，譬如「迴旋」、「環迴公路」等。

## 16　去蕪存菁 ✓　　去蕪存青 ✗

例句　❶ 剪接人員的工作就是替短片**去蕪存**菁。

　　　❷ 櫻桃先是青**綠**色的，後來才慢慢變成熟透的紅色。

辨析　「菁」讀【晶】，本義是韭菜花，後來從「花」這個本義，引申為事物的精華，「去蕪存菁」就是指去除雜質，保留精華。

　　　「青」讀【清】，上面的部件本來寫作「屮」，表示初生草木，而「青」的本義就是草木的顏色——綠色，後來又指藍色、黑色。

## 17　摒除 ✓　　拼除 ✗

例句　❶ 我們應摒**除**一切成見，全心投入合作計劃裏。

　　　❷ 千萬張拼**圖**砌成了一幅美麗的人生。

辨析　「拼」讀【聘 ping3】，當中的部件「并」既是聲符，也是形符，解作「連合」，故此「拼」的本義就是「用手連合事物」，譬如「拼圖」。

　　　「摒」讀【丙 bing2】，字義跟表示「連合」的「拼」剛好相反，解作「用手去除事物」，如「摒除」。

## 18　恩惠 ✓　　思惠 ✗

例句　❶ 我們不要忘記別人的恩**惠**。

　　　❷ 考試遇到難題時，要冷靜思**考**，千萬不要着急。

辨析　「思」屬「心」部，上面的部件本來是「囟」，指的是腦袋。古人認為「腦」和「心」都是思維的器官，心、腦互用，就是「思考」。

　　　至於「恩」，部首同樣是「心」，本義為「恩惠」，後來指「有恩德」，譬如「恩人」。

## 19　永恆 ✓　　永桓 ✗

例句　❶ 世界上並沒有甚麼是**永恆**不變的，除了愛。

　　　❷ **齊桓**公是春秋時代第一位稱霸的諸侯。

辨析　「恆」的部件「亙」（讀【梗】）既是聲符，也是形符。「亙」像月亮處於天地之間，由此帶出本義——永恆，後來加上「忄」部，成為了今天的寫法。

　　　由於「恆」俗寫作「恒」，故此經常與「桓」混淆。「桓」讀【援wun4】，本義指驛站旁邊高大的木柱，後來引申為「盛大」。

## 20　炙手可熱 ✓　　灸手可熱 ✗

例句　❶ 他將會成為荷里活**炙手可熱**的新星。

　　　❷ 這間醫院提供用**針灸**來幫助市民戒煙的服務。

辨析　「炙」讀【隻】，下面是「火」，上面是「肉」的變形，「炙」的本義就是「烤肉」。「炙手可熱」解作手一靠近就覺得很熱，比喻地位尊貴、氣焰熾盛。

　　　至於「灸」則讀【究】，是一種用煙熏穴位表面來治病的方法，譬如「針灸」、「艾灸」等。

## 21　笞刑 ✓　　苔刑 ✗

例句　❶ 如今有一些國家依然施行**笞刑**，來重罰罪犯。

　　　❷ 老屋的牆壁上長滿了斑駁的**青苔**。

辨析　「笞」屬「竹」部，粵音讀【癡 ci1】，本義是用竹板來鞭打。「笞刑」就是一種用竹板來鞭打的刑罰。

　　　至於「苔」屬「艸」部，讀【台】，指生長在潮濕陰暗地方的植物——苔蘚；後來也指「舌苔」，讀【胎】。

## 22　修葺 ✓　修茸 ✗

例句　❶ 這座涼亭**修葺**得十分古色古香。

　　　❷ 小白兔渾身**毛茸茸**的，可愛極了。

辨析　「葺」讀【輯】，本來指屋頂上的茅草，後來用作動詞，表示用茅草來覆蓋屋頂，再引申為修補房屋，例如「修葺」。

　　　「茸」讀【容】，本義是小草初生時纖細柔軟的樣子，後來借指動物皮膚或觸角上的毛髮，也解作柔軟細密，譬如「毛茸茸」。

## 23　滄海一粟 ✓　滄海一栗 ✗

例句　❶ 人類所掌握的知識不過是**滄海一粟**。

　　　❷ 每到冬天，許多小販都會在街上售賣炒**栗**子。

辨析　「粟」屬「米」部，本來泛指所有農作物，後來也專指「小米」。成語「滄海一粟」就是指大海裏的一顆穀粒，比喻非常微小。

　　　至於「栗」的寫法，就像栗樹（木）上長滿帶毛刺的果實（覀），而「栗」的本義正正就是「栗子」。

## 24　烏鴉 ✓　鳥鴉 ✗

例句　❶ 誰説天下**烏鴉**一樣黑？其實是一個比一個黑！

　　　❷ 在林木地帶發現的**雀鳥**種類多不勝數。

辨析　「鳥」是象形字，可以看到其頭部、眼睛、身體、翅膀和腳爪。「鳥」的本義就是雀鳥。

　　　烏鴉雖然是雀鳥，卻不能寫出中間那一筆表示眼睛的橫畫。因為烏鴉全身黑色，就好像沒有眼睛一樣，這就是「烏」跟「鳥」在字形上的分別。

## 3 「玫瑰」是玉也是花

### 誤 玖瑰　　正 玫瑰

「風腸」是廣東連州東陂鎮人對他們所製臘腸的叫法。當地人依靠附近峽谷吹來的山風，把臘腸「風」乾，因以為名。

在製腸過程中，當地人還會注入玫瑰露酒，讓風腸帶有淡淡酒香，以提升鮮味。由於玫瑰露酒以玫瑰花釀製，因此圖中的「玖」（讀【九】）是別字。

也許有人會問：「玫瑰既然是花卉，為甚麼不是從『艸』部、『木』部，而是從『玉』部呢？」其實，玫瑰本身不是花，而是一種玉石，因此屬「玉」部。

《韓非子》裏有一個「買櫝還珠」的故事：有個楚國人在鄭國售賣珍珠，他用上木蘭這種木材，來製作收藏珍珠用的「櫝」（讀【毒】，盒子），更給盒子「綴以珠玉，飾以玫瑰，輯以翡翠」。後來果然有一個鄭國人光顧，可是只購買了「櫝」，卻把珍珠退還了。

上述引文裏的「玫瑰」一詞，指的是玉石，而非花朵。首先，文中的「珠玉」和「翡翠」都是名貴的玉石，「玫瑰」照理也應該是玉石；其次，玫瑰花在當時稱為「薔薇」，故此文中的「玫瑰」的確是指玉石——那到底是怎樣的玉石？

《說文解字》這樣說：「玫，火齊，玫瑰也。」根據內地植物學家劉夙的《植物名字的故事》，「火齊」（讀【滯 zai6】）是一種礦物，也就是今天的「鋰雲母」（Lithium）。鋰雲母有淡紫色，也有紫紅色，與薔薇花的顏色十分接近，估計古人因而將「玫瑰」當作花名使用。西漢的《西京雜記》說：「樂遊苑自生玫瑰樹。」可見，早在西漢，玫瑰就已經用作花名了。

「玫」、「玖」字形相近，經常被混淆。那麼「玖」又是甚麼呢？「玖」屬「玉」部，自然也是玉石。《說文解字》說：「玖，石之次玉黑色者。」是一種比玉稍差的黑色玉石。「玫」和「玖」都是玉石，可是一紫一黑，容易分辨，那麼大家緊記不要把「玫瑰」誤寫成「玖瑰」了。

# 文字辨析

<u>25</u>　雞髀 ✅　　雞脾 ❌

例句　❶ 吃炸**雞髀**不吃雞皮是一種罪。
　　　❷ 媽媽性格溫柔，從不跟我們發**脾**氣。

辨析　「髀」屬「骨」部，讀【比】，本義是「大腿」。《說文解字》
　　　說：「髀，股也。」「股」就是大腿。「雞髀」就是「雞腿」，
　　　這是粵語的寫法，雖然不是書面語，可是用於商店、餐廳等
　　　也無不可。
　　　「脾」讀【皮】，屬「肉」部，本來指「脾臟」，後來引申為「脾
　　　氣」，指人的性情。

<u>26</u>　旗幟 ✅　　旗織 ❌

例句　❶ 寫作論說文，**旗幟**要鮮明，論點不能模棱兩可。
　　　❷ 姐姐心靈手巧，**編織**毛衣，一學就會。

辨析　「幟」讀【次】，屬「巾」部。「巾」泛指布匹，而「幟」就
　　　是作標記用的布匹——旗子，故此「軍旗」能代表軍隊，「國
　　　旗」是國家的象徵。
　　　「織」屬「糸」部，強調用「絲綢」來編織布帛，後來泛指
　　　用各種材料（如麻、毛線等）來編織出布匹。

<u>27</u>　傾訴 ✅　　傾訢 ❌

例句　❶ 他們促膝長談，彼此**傾訴**了肺腑之言。
　　　❷ 閔子騫總是表現出**訢訢**如也的恭敬樣子。

辨析　「訢」屬「言」部，本義是「欣喜」，是「欣」的本來寫法。
　　　「訢」是多音字，可以讀【希】，表示意氣相投；也可讀
　　　【銀】，表示恭敬的樣子。
　　　至於「訴」，同樣屬「言」部，本義是「訴說」。

<u>28</u>　清**拆** ✓　　清折 ✗

例句　❶ 當局打算在年底前**清拆**這些平房。
　　　❷ 小船的桅杆被狂風**折斷**了。

辨析　「拆」粵音讀【冊】，屬「手」部，表示裂開，後來引申為用
　　　手「分開」、「分拆」事物。
　　　「折」的甲骨文寫法，右邊是「斤」，表示斧頭；左邊的部件
　　　起初不是「扌」，而是上下重疊的「屮」，表示用斧頭折斷
　　　草木，故此「折」的本義就是「折斷」樹木，後來泛指折斷
　　　事物。


<u>29</u>　**詛**咒 ✓　　咀咒 ✗

例句　❶ 與其**詛咒**黑暗，不如燃點蠟燭。
　　　❷ 你即使心情不佳，也應該好好**咀嚼**食物，並非狼吞虎咽。

辨析　「詛」讀【佐 zo3】，意指「咒罵」，即是用惡毒的言語攻擊
　　　他人，因此屬「言」部，由於與「咀」字形相近，因此經常
　　　被誤讀作【嘴】。
　　　「咀」屬「口」部，本義是「品味」，後來也指「嚼食」，更
　　　用作名詞「嘴」的俗字。


<u>30</u>　**柴**火 ✓　　紫火 ✗

例句　❶ 這上等木材竟然拿來當**柴火**燒，真是暴殄天物！
　　　❷ 洋**紫荊**是香港的市花，花瓣呈鮮豔的**紫紅**色。

辨析　「柴」起初指零散的木材，後來專指用作燃料的木柴，因此
　　　屬「木」部。
　　　至於「紫」，本義是一種由紅、藍混合而成的顏色，由於難
　　　以調配，因此價格高昂，多用於漂染絲綢，因此屬「糸」部。

## 31 乞丐 ✅　乞丐 ❌

**例句** ❶ 這個蓬頭垢面的**乞丐**，曾是赫赫有名的富商。
❷「**丐**」的本義是看不見，並非乞丐。

**辨析** 「丐」讀【概 koi3】，本義是「乞求」，後來指乞食的人，即「乞丐」。
「丏」讀【免】，本義指「看不見」。這兩個字字形相近，容易混淆，譬如人們經常把「麪」的聲符「丏」當作「丐」，因而將「麪」錯寫成「麫」。

## 32 斡旋 ✅　幹旋 ❌

**例句** ❶ 他設法在同事和管理層間**斡**旋，化解這場糾紛。
❷ 那棵柏樹的**樹幹**挺拔，沒有半點彎曲。

**辨析** 「斡」讀【挖 waat3】，本義是「瓢」這種飲水器具的柄部，後來指旋轉，再引申為挽回、調停。「斡旋」就是指「調停糾紛」。
「幹」，讀【榦 gon3】，本指事物的主體部分，如：「軀幹」、「主幹」，後來解作「做事」等。

## 33 年幼 ✅　年幻 ❌

**例句** ❶ 這對夫婦在車禍喪生後，遺下了這個**年幼**的孩子。
❷ 人類早在古代就**幻**想飛向太空，登上月球。

**辨析** 「幼」表示用繩子（幺）綁住農具（力），在農田裏耕作，但由於力量不足，因而引申為「小」。
「幻」由「幺」和「乛」兩個部件組成，基本意義是「虛幻」、「不真實」。

## 34 刺痛 ✅　剌痛 ❌

辨析 例句
① 他説的這番話刺痛了死者家屬的傷口。
② 外族瓦剌入侵，明英宗御駕親征，卻反被俘虜。

辨析 「刺」本來寫作「朿」（讀【次】），是指樹上或武器上的刺，後來才加上「刂」部，強調用武器刺傷別人。
至於「剌」（讀【啦】）字，它左邊的部件「束」由「禾」及「口」組成，指禾稻的稈部，連同右邊的「刂」部，本義就是「收割禾稻」。


## 35 瞻仰 ✅　贍仰 ❌

例句
① 大家都趕到靈堂，瞻仰國畫大師的遺容。
② 子女必須承擔起贍養父母的義務。

辨析 「瞻」讀【尖】，本義是「看」，故此屬「目」部。後來引申為「向上看」或「向前看」，譬如「高瞻遠矚」或「瞻仰遺容」，都包含「仰望」的意思。
「贍」則讀【sim6】，本義是「供養」。供養是需要金錢的，因此屬「貝」部。譬如「贍養費」就是指離異夫婦中無過失的一方，向對方索取的生活費用。


## 36 木樁 ✅　木椿 ❌

例句
① 經過多年日曬雨淋，這些木樁都開始腐爛了。
② 香椿具有豐富的營養價值。

辨析 「樁」讀【莊】，是指插入泥土裏來穩住房子的木柱。
「椿」讀【春】，是一種樹木名稱，會散發香氣，可以製作成器具。

# 4 朮、木之辨

## 誤 木　正 朮

　　早年，筆者替香港三聯書店修訂《香港中學生文言字典》。為了確保內容準確無誤，除了網上資料，筆者還參考了其他典籍，包括內地某出版社出版的繁體版文言字典（見上圖）。

　　某天，筆者正編輯「仁」字條的內容。除「仁道」、「仁愛」外，「仁」還可以指果核裏的東西，如：果仁、核桃仁。在這個字義下，該字典引用了北齊顏之推《顏氏家訓》中的這一句：「鄴中朝士有單服杏仁枸杞黃精朮車前，得益者甚多。」例句列舉了多種中草藥：杏仁、枸杞、黃精、朮、車前⋯⋯咦？問題出現了。筆者知道有「黃精」和「車前」這兩種草藥，卻未曾聽聞「黃精木」或「木車前」。難道「木」是別字？

　　筆者於是馬上翻查原典。原來該字典中的「木」，確是「朮」的誤寫。筆者發現清人盧文弨刻印的《顏氏家訓》，和近人王利器撰寫的《顏

氏家訓集解》都寫作「朮」，而紫禁城「摛藻堂」刻印的《四庫全書薈要》卻寫作「木」。

　　於是筆者作了一個大膽的假設：很有可能是有人以《四庫全書薈要》為依據，卻沒有校對清楚書中文字，因而誤將「朮」當作「木」，以訛傳訛下去。

　　「木」讀【目】，「朮」讀【述】，讀音不同，筆畫亦異：除了右上的「、」畫，還有右下的那一筆──「木」字為捺（㇏），「朮」字則作豎彎（㇄）。兩者字形相似，字義卻大有不同：「木」的本義就是樹木，它的甲骨文仔細描繪出樹木的樹根、樹幹和樹枝（見下圖）；「朮」本是指一種叫「黏高粱」、「黏米」的穀物，後來也指中草藥「白朮」、「蒼朮」。

　　包含「朮」部件的字還有「術」、「述」等，大家書寫時，就要多加留意，不要寫成「木」或者「术」了。

# 文字辨析

## 37 幸運 ✅ 辛運 ❌

例句　❶ 幸運之神未曾向我展露過微笑。

　　　❷ 媽媽既要上班，回家後又要做家務，太辛苦了。

辨析　「幸」上半部分的「土」本來寫作「夭」，表示夭折、早死，是「不幸」的事；下半部分是「屰」，表示「逆轉」。能夠把死亡逆轉，就是「幸運」。

　　　「辛」像施行「黥（讀【鯨】）刑」（在犯人臉上刺字塗墨）的工具，後來引申為「辛苦」。

## 38 戰戰兢兢 ✅ 戰戰競競 ❌

例句　❶ 他在老師面前戰戰兢兢地承認了自己的錯誤。

　　　❷ 如果我們不努力學習，就會在競爭中處於劣勢。

辨析　「兢」的部件「儿」是手，「古」是舌頭，「克」本來是指用手捉住舌頭，準備割下。將「克」並排，是指將多個妄言的人的舌頭割下，後來引申為小心翼翼，不敢胡言亂語。

　　　「競」的甲骨文像兩個人在追逐的樣子，本義就是賽跑，後來引申為「競爭」。

## 39 孤單 ✅ 弧單 ❌

例句　❶ 你一走，就剩下我孤單一個人了。

　　　❷ 石橋的橋洞呈彎彎的弧形，好似一道彩虹。

辨析　「孤」屬「子」部，字義跟「孩子」有關，本義就是「孤兒」，後來引申為孤獨。

　　　「弧」屬「弓」部，本義是用木做的弓。由於「弓」是彎的，後來就引申為動詞，意指「弄彎」，也用作數學名詞，指圓周裏的任意一段。

## 40　刻薄 ✅　　刻簿 ❌

例句　❶ 她為人尖酸**刻**薄，所以大家都不喜歡和她來往。

❷ 我在**筆記**簿上記下了電話號碼。

辨析　「薄」屬「艸」部，本來指草木密集的地方，後來引申為「迫近」；也假借為「厚薄」的「薄」，表示單薄、弱小、淡。

「簿」屬「竹」部，讀【部】，俗音【寶】，本來是指記錄文字用的本子，如「筆記簿」，後來引申為文書，「主簿」就是古代負責文書的官職名。

## 41　三緘其口 ✅　　三箴其口 ❌

例句　❶ 他總是三緘**其口**，不願透露任何訊息。

❷ 雨果說過：「能夠吐出一句箴言是一種安慰。」

辨析　「緘」讀【監 gaam1】，屬「糸」部，本來指捆綁木箱的繩子，後來引申為動詞「捆綁」。成語「三緘其口」就是指多番綁住自己的嘴巴，借指不說話。

「箴」讀【針】。《說文解字》曰：「箴，綴衣箴也。」就是指縫補（綴）衣服用的竹籤，因此屬「竹」部，後來比喻一針見血的言論，譬如「箴言」。

## 42　淅淅瀝瀝 ✅　　浙浙瀝瀝 ❌

例句　❶ 雨淅淅**瀝瀝**地下，窗外像是掛上了一層水簾。

❷ 杭州是浙**江省**的省會。

辨析　「淅」屬「水」部，讀【色】，多用作擬聲詞，用來模擬雨聲或風聲。

「浙」本指流經浙江省的「浙江」，因為江水成「之」字形，曲曲折折的，因此寫作「浙」。

## 43 亨通 ✅　享通 ❌

例句　❶ 他官運亨通，扶搖直上，如今已當上了局長。

　　　❷ 香港是美食天堂，能夠享受世界各地的美味佳餚。

辨析　「亨」的甲骨文寫法像一間屋子，本義是祭祀祖先的宮室——宗廟。由於只有宗廟裏的祖先才可以享用祭品，因此「享」後來引申為「享用」、「享受」。

　　　「亨」雖是從「享」字演化出來的，意思卻側重於「亨通」、「順利」，逐漸與「享」分道揚鑣了。


## 44 衷心 ✅　哀心 ❌

例句　❶ 畢業班同學衷心感謝老師多年來的悉心栽培。

　　　❷ 逝者已矣，請節哀順變，不要過分悲傷。

辨析　「衷」讀【充】或【終】，屬「衣」部，「中」既是聲符，也是形符，本義是貼身內衣；後來引申為「內心」，再引申為「真誠」，「衷心」就是「真誠的心」。

　　　「哀」則屬「口」部，有哀歎、哀號之意，本義是「哀傷」、「悲哀」。


## 45 乖戾 ✅　乘戾 ❌

例句　❶ 行為乖戾的暴力罪犯，其性情都是不可捉摸的。

　　　❷ 請市民乘坐公共交通工具，前往各區掃墓。

辨析　「乖」的其中一個部件是「北」。「北」起初解作「背向」，故此「乖」的本義就是「違背」，後來解作分離、反常，但同時又作褒義詞用，指溫馴。

　　　「乘」的甲骨文像一個人爬上樹，騎在大樹枝上，它的本義就是「乘坐」、「騎乘」。

## 46  狙擊 ✅　阻擊 ❌

例句　❶ 埋伏在屋頂上的狙擊手擊斃了三名匪徒。
　　　❷ 在廣闊的高速公路上，車來車往，毫無阻礙。

辨析　「狙」讀【追】，屬「犬」部，本義是猴子一類的動物，也指
　　　會咬人的狗。「狙」後來引申出「伺機」這字義，「狙擊」就
　　　是指暗地埋伏，伺機突擊。
　　　「阻」屬「阜」部，「阜」的本義是「大山」，「阻」就是阻礙
　　　通行的險要地方，後來引申出「阻隔」、「阻礙」等詞語。

## 47  一竹篙 ✅　一竹蒿 ❌

例句　❶ 他們是無辜的，你不要「**一竹**篙打死一船人」！
　　　❷ 茼蒿是吃火鍋時經常吃到的蔬菜。

辨析　「篙」讀【高】，屬「竹」部，本義是用來撐船前進的竹竿或
　　　木棍。「一竹篙打死一船人」是廣東諺語，指不分青紅皂白，
　　　把所有人加以貶斥。
　　　「蒿」讀【hou1】，本來指一種野草，如青蒿、白蒿等，因此
　　　屬「艸」部，古人會採摘來食用。

## 48  贋品 ✅　贗品 ❌

例句　❶ 這裏賣的魚翅良莠不齊，不少更是魚目混珠的贋品。
　　　❷ 聽到他背信忘義的事，大家無不感到**義憤填**膺。

辨析　「贋」讀【雁 ngaan6】，屬「貝」部，本義指「假冒」，「贋品」
　　　就是冒牌貨。「贋」亦寫作「贗」，因而容易與「膺」混淆。
　　　「膺」讀【英】，本義是「胸臆」，因此屬「肉」部，「義憤填膺」
　　　就是指胸中充斥着因正義而激起的憤怒。

# 5 「不正」與「不一」

**誤** 爽不不　　**正** 爽歪歪

　　上述照片拍攝自巴士座椅背後的廣告。廣告售賣的是一款去除腳汗的噴劑，表示使用這款噴劑後，雙腳會感到「爽」——也就是十分舒服，卻誤用了「丕」字，讓人啼笑皆非。

　　「丕」讀【披】，本義是「大」。「丕」這個字十分有趣，它來自「不」字。「不」的外形很像一朵花，因此它的本義就是「花萼」，後來被人們借來用作否定詞，表示否定，譬如：「不好」、「不要」；可是，「不」在古時也可以解作「大」。

　　問題來了：「不」既可以解作「毫不」，也可以解作「大」，字義可以說是相反的，容易造成歧義。因此，後人在「不」的底部加上一橫，

另造「丕」字，來表示「大」；同時把「不」確定為否定詞，不再擁有其他字義了。

言歸正傳。「爽」描述了使用噴劑後的感受，後面並配上了「丕丕」兩字，可是「爽『大大』」是解不通的，「丕」在這裏這明顯是別字。極有可能的情況，是製作海報的人把「歪」字不小心寫作「丕」，因為「歪」和「丕」的頭、尾倉頡碼都是「一一」。

至於「歪」是會意字。「會意字」由兩個或以上的部件組成，從而綜合出新的字義。「歪」由上面的「不」和下面的「正」組成，前者表示「否定」，後者解作「端正」。把「不」、「正」兩個部件綜合成「歪」，就是指「不端正」、「傾斜」。有一句諺語叫「上樑不正下樑歪」，意指在上位的人，言行不端正的話，下面的人將會有樣學樣。

在廣告裏，「爽歪歪」是指使用這款噴劑之後，用家會舒服得不能站穩住腳，身體傾斜，有一種飄飄欲仙的感覺。可見「歪」在這裏才是正確寫法。

「爽歪歪」不是粵語，而是閩南語，原意是說非常舒服，卻是極粗鄙的俚語。多年前，內地有一款兒童飲品，正是以此為品牌名稱，因而引來各方人士抨擊。因此大家構思品牌名稱或口號字眼時，還是要對某些「奇怪」的詞語多加考證，才能避免誤踩地雷。

# 文字辨析

## 49　草菅人命 ✓　　草管人命 ✗

例句　❶ 內戰期間，敵對雙方經常濫殺無辜，**草菅**人命。
　　　❷ 牧羊犬能夠幫助牧民**管**理羊羣。

辨析　「菅」讀【奸】，屬「艸」部，本義是一種野草。野草毫不矜貴，帶有低賤的含義，因而引申出「輕視人命」的字義，「草菅人命」就是這個意思。

「管」本義就是官員手中的毛筆，因為毛筆由竹子製成，故屬「竹」部，後來引申為「管理」。

## 50　崇拜 ✓　　祟拜 ✗

例句　❶ 高比·拜仁一直是我**崇**拜的偶像。
　　　❷ 他這麼妄自尊大，其實只是自卑感**作祟**而已。

辨析　「崇」屬「山」部，本義是山體高峻。後來從山的高引申到人格「崇高」，再引申為「崇拜」。

「祟」讀【睡】，屬「示」部，字義跟神靈有關，本義是「災禍」，後來引申為動詞，譬如「作祟」就是指從中作怪。

## 51　茄子 ✓　　笳子 ✗

例句　❶ **茄**子也成熟了，穿上了紫色的衣裳。
　　　❷《胡**笳**十八拍》是中國十大名曲之一。

辨析　「茄」屬「艸」部，與植物有關，不過起初是指荷花的莖部，到後來才指茄子。

「笳」讀【加】，是一種用竹子製成的吹奏樂器，由於流行於塞北和西域一帶，於是亦稱作「胡笳」。

## 52　良莠不齊 ✅　良秀不齊 ❌

例句　❶ 網絡資源良莠不齊，我們要學會分辨，理性上網。
　　　❷ 優秀的成績是他日積月累地學習的成果。

辨析　「秀」屬「禾」部，字義與「禾稻」有關，本義就是指禾稻
　　　長高，最後開花，後來引申為形容詞，表示「優秀」。
　　　「莠」屬「艸」部，讀【友】，本指狗尾草，後來比喻不好的
　　　事物，字義與「秀」剛好相反。「良莠不齊」就是指好的、
　　　壞的混雜在一起。

## 53　人心墮落 ✅　人心墜落 ❌

例句　❶ 燈紅酒綠的生活方式，只會使人心墮落。
　　　❷ 那次飛機墜毀，只有他一人大難不死，僥倖脫險。

辨析　「墜」讀【罪】，「墮」讀【惰】，字義都跟「跌下」有關，
　　　不過兩者還是有一點分別。兩個字都可以及物使用，譬如
　　　「墮馬」和「墜馬」都指從馬上掉下來。不過由於「墮」在
　　　古代與「惰」相通，故此「墮」又多了一重意思——人心腐
　　　化。因此例句只可以寫作「墮落」。

## 54　濫竽充數 ✅　濫芋充數 ❌

例句　❶ 這些畫作的水準如此低下，也敢濫竽充數來參展！
　　　❷ 在農曆新年的糕點中，我最喜歡吃蘿蔔糕和芋頭糕。

辨析　「竽」讀【如】，屬「竹」部，「于」既是聲符，也是形符，
　　　表示「吹氣」，因此「竽」就是一種用竹子製成的吹奏樂器。
　　　「芋」讀【戶】，屬「艸」部，因為芋頭是一種可以吃的植物。

## 55 貧民窟 ✅  貪民窟 ❌

例句　❶ 貧民窟裏百姓過着啼飢號寒的生活。
　　　❷ 貪戀權力的人是不會有好結果的。

辨析　俗語説：「貪字得個貧。」「貪」屬「貝」部，「今」不只是
　　　聲符，更是形符——甲骨文本寫作「亼」，像嘴巴大開，向
　　　着錢財流口水，比喻「貪心」。
　　　「貧」屬「貝」部，「分」不只是聲符，更是形符。錢財被瓜
　　　「分」了，自然就「貧窮」。


## 56 裨益 ✅  稗益 ❌

例句　❶ 多聽聽別人的經驗，將對自己的工作大有裨益。
　　　❷ 這些「稗官野史」所記載的，未必是史實。

辨析　「裨」讀【悲】，屬「衣」部，本義是「甲衣」，也就是用鱗
　　　甲形小片連綴起來的衣服。由於甲片一塊接一塊的，數量越
　　　來越多，因此「裨」引申為「增加」，「裨益」就是增益、
　　　好處。
　　　「稗」讀【敗】，屬「禾」部，本義是一種禾類植物，後來指
　　　「微小」。成語「稗官野史」就是指街談巷説的軼聞小事。


## 57 彬彬有禮 ✅  杉杉有禮 ❌

例句　❶ 他對人總是彬彬有禮，很有紳士風度。
　　　❷ 杉樹枝頭的新芽頗為肥壯——你説春天還會遠嗎？

辨析　「彬」讀【賓】，是指恰到好處。「彬彬有禮」是指禮貌恰到
　　　好處，既不粗魯無禮，也不矯情多禮。
　　　「杉」讀【懺】，屬「木」部，是一種樹木，也就是「杉樹」。

## 58 沽名釣譽 ✓  沽名鈎譽 ✗

例句  ❶ 他最愛**沽名釣**譽，不肯踏踏實實地工作。
　　❷ 爺爺特地到商店購買**魚鈎**，準備到河邊釣魚。

辨析  「釣」屬「金」部，本指用魚鈎來獲取水中魚蝦，因為利用
　　魚餌來引誘魚蝦，因此引申為「騙取」。
　　「鈎」是「鈎」本來的寫法，屬「金」部，因為魚鈎多用金
　　屬製造，而「句」所指的就是「勾子」。香港以「鈎」為正體，
　　臺灣卻以「鈎」為正體。


## 59 貽人口實 ✓  殆人口實 ✗

例句  ❶ 你做事這麼張揚，不怕**貽**人口**實**嗎？
　　❷ 雖然手術成功，可是她的情況依然**危殆**。

辨析  「貽」讀【移】，屬「貝」部，字義與錢財有關。本義是贈送
　　錢財，後來泛指「贈送」、「給予」。「貽人口實」是指言行
　　有錯誤而給人留下話柄。
　　「殆」讀【怠】，屬「歹」部。「歹」多與死傷、禍殃有關，
　　而「殆」就解作「危險」、「危殆」。


## 60 滿載而歸 ✓  滿戴而歸 ✗

例句  ❶ 這位經驗老到的漁夫，每每出海都總會**滿載而歸**。
　　❷ 為官者要公正無私，才會得到百姓的**擁戴**。

辨析  「載」屬「車」部，表示用車乘載人，後來從「人」引申到
　　「物」，意指「裝運」。
　　「戴」的部件「異」，像一個人伸出雙手，把器皿頂在頭上，
　　故此「戴」的本義解作「頂戴」，譬如「戴帽」，後來又解
　　作「擁護」。

# 「字」測加油站（一）

選出括號裏適當的文字，把答案圈起來。

1. 這張字帖用（楷／諧）書寫成，寫得十分整齊。

2. 古代哲學家的書卷裏蘊藏許多規語（緘／箴）言。

3. 豪雨把泥石沖進溝渠裏，導致（管／菅）道淤塞。

4. 小偷行色（勿勿／匆匆），生怕被人發現他的影蹤。

5. 冬天的時候，我最喜歡吃街邊的糖炒（栗／粟）子。

6. 多閱讀不同類型的書（藉／籍），有助我們吸收課外知識。

7. 完全（拼／摒）棄傳統，盲目追求新事物是愚蠢的做法。

8. 他臉上充滿了（衷／哀）愁，一定是遭遇了不幸的事了。

9. 河邊的石頭上長滿（苔／笞）蘚，你可要小心，不要滑倒。

10. 多做運動能強身健體，樂觀的心境亦對健康有（裨／稗）益。

11. 一向（乘／乖）巧的她怎會突然性情大變，變得這麼兇惡？

12. 小文患上近視，要佩（戴／載）眼鏡才能看見黑板上的文字。

13. 受疫情影響，學校的考試再三（廷／延）期，不知何時復考。

14. 新一代智能手機功能新穎，因此受一眾年輕人追（棒／捧）。

15. 那人鬼鬼（祟祟／崇崇）地到處張望，不知道在打甚麼主意。

下列各句都有一個別字，請把它圈起來，並在橫線上改正。

16. 陽光像銀針一樣把雲朵剌穿。 _____

17. 這是淑芬的祕密，你不要告訴別人。 _____

18. 吃飯時要細細詛嚼，千萬別團圖吞棗。 _____

19.「欲速則不達」，要成功不能貧圖快捷。 _____

20. 這大廈已有八十年歷史，即將面臨清折。 _____

21. 那個衣衫襤褸的乞丐坐在路旁，十分可憐。 _____

22. 兢爭使人進步，安逸會令人停滯不前。 _____

23. 老師文質杉杉，性格隨和，十分受同學歡迎。 _____

24. 爸爸受娉於一家跨國企業，擔任總經理一職。 _____

25. 針灸是中醫常用的療法，一般用於治療痛症。 _____

26. 可憐的小女孩孤苦無依，只能靠賣火柴為生。 _____

27. 我收到表哥在美國寄來的包裏，真的興奮極了。 _____

28. 他遇上了交通意外，身體多處受傷，情況危貽。 _____

29. 小狗看見主人歸來，高興得直向主人身上僕去。 _____

30. 週末時，很多鈎魚愛好者會來到海邊捕獲戰利品。 _____

## 「裏」在中，「裹」在外

誤 雪**裹**紅　正 雪**裏**紅

　　筆者寫此文，正值疫情最嚴重的時期，幸好居所附近又有一新茶餐廳開張，的確讓人快慰。不過，新店餐牌卻出現錯別字——「雪裹紅」應寫作「雪裏紅」。那麼，「雪裏紅」是甚麼呢？

　　「雪裏紅」是芥菜的一個變種——葉用芥菜。人們將它的葉和莖醃製成「雪裏紅」，也就是「雪菜」。那麼為甚麼「雪裏紅」會有着這個有趣的名字呢？原來每到秋冬時節，北方地區積雪深厚，「雪裏紅」也變成紫紅色，人們於是給它改了一個浪漫的名字——雪（冬雪）裏（裏面）紅（雪菜）。

「裏」的本義不是「裏面」，而是衣服的內層，所以屬「衣」部。《詩經·綠衣》有這一句：「綠兮衣兮，綠衣黃裏。」所寫的正是一件外層為綠色、內層為黃色的衣服。為了強調「內」層，先民創造「裏」字時，有意識地把聲符「里」放在部首「衣」的裏面。「袋」是「裏」的金文寫法，很明顯，我們看到聲符「里」是寫在部首「介」（衣）裏面的；即使是楷書，也是將部首「衣」分為上、下兩部分，然後把聲符「里」寫在「亠」和「⺀」之間。正因為強調「裏面」，「裏」因而引申出新字義：事物的裏面。

　　「裹」的本義是「纏繞」，屬「衣」部，「果」是聲符。也有人說「裹」就是「包裹」：用布匹（衣）來包着水果（果），不就是「包裹」嗎？姑勿論如何，「裏」和「裹」的字形真的很接近，在倉頡輸入法中，頭、尾二碼都分別為「卜」和「女」。估計餐廳職員以倉頡或速成輸入法撰寫餐牌，因而將「裏」誤寫成「裹」。

　　雪「裏」紅，指的是白雪「中間」的雪菜；雪「裹」紅，強調的卻是雪菜「外面」的白雪，意思剛好相反。古人說得沒錯，「差之毫釐，謬以千里」，「里」和「果」只有少許差別，卻衍生出兩個意思截然不同的「裏」和「裹」，一旦錯用，讓人啼笑皆非。因此大家要小心辨字，不能草草了事。

# 文字辨析

## 61 網絡 ✓ 綱絡 ✗

例句 ❶ 香港的交通網絡很完善，幾乎沒有去不到的地方。

❷ 實際的行動比起繁瑣的綱領來得更重要。

辨析 「網」屬「糸」部，與「繩子」之類的東西有關，本義就是用繩子編織而成的漁網或捕獸網，後來指事物之間互有聯繫的系統，也就是「網絡」。

「綱」屬「糸」部，本義是網的主繩，用來控制網的收放，後來表示事物的總要，譬如「綱領」。

## 62 孝子 ✓ 考子 ✗

例句 ❶ 每逢春秋二祭，不少孝子賢孫都會前往墳場掃墓。

❷ 考生作弊一事，校方一定會查個水落石出。

辨析 「孝」由「耂」（「老」的簡筆）和「子」組成，就好像一個小孩正在侍奉、扶持一位長者，因此「孝」的本義就是孝順、孝敬。

「考」的本義是「父親」，由「耂」和「丂」兩個部件組成，「耂」是形符，指「長者」，「丂」是聲符。「考」後來有「考慮」、「考量」、「考試」等字義。

## 63 湊熱鬧 ✓ 揍熱鬧 ✗

例句 ❶ 這裏十分危險，大家不要前來湊熱鬧了。

❷ 這件事如果被他母親知道，他一定要挨揍。

辨析 「湊」讀【臭】，本義是指船隻在水上會合，因此屬「水」部，後來指「湊合」、「拼湊」。「湊熱鬧」就是「參加熱鬧的事情」。

「揍」讀【奏】，屬「手」部，本義是「打」。「挨揍」就是「挨打」、「被打」。

## 64　百無**聊**賴 ✅　百無**柳**賴 ❌

例句　❶ 在**百無聊賴**中，我隨手拿起一本書細讀。

❷ 微風一吹，**楊柳**就跳起舞來，好看極了。

辨析　「聊」屬「耳」部，本義是「耳鳴」，後來表示「憑藉」、「聊天」等。「百無聊賴」意指生活種種都沒有寄託，也就是非常無聊。

「柳」屬「木」部，本義是小楊樹。「楊柳」是「楊樹」和「柳樹」的合稱，也是「柳樹」的泛稱。

## 65　**繼**續舉行 ✅　**斷**續舉行 ❌

例句　❶ 即使天氣轉差，頒獎禮仍會**繼續**舉行。

❷ 她跑得上氣不接下氣，說話**斷斷續續**的。

辨析　「繼」起初寫作「𢇍」，表示四條絲線（幺）相連，因此本義是「繼續」、「連續」，後來才加上「糸」部，寫作「繼」。「繼續」就是指「事物不間斷」。

「斷」由「𢇍」和「斤」組成，「斤」是斧頭一類的工具，把絲線（𢇍）砍斷，本義就是「截斷」。

## 66　**賢**才 ✅　**堅**才 ❌

例句　❶ 經理喜歡以貌取人，自然得不到真正的**賢才**。

❷ 寫議論文，立場必須鮮明、**堅定**，不能模棱兩可。

辨析　「賢」的部首是「貝」，起初表示「多財」，後來指「多於」、「勝過」，再從「多財」引申出「多才」的意思，也就是「賢能」、「賢德」。

「堅」的本義是「泥土堅實」，因此屬「土」部，後來泛指事物「堅硬」。「堅定」是指意志不受動搖。

<u>67</u>　熱忱 ✅　　熱枕 ❌

例句　❶ 新來的老師是個滿懷教學**熱忱**的大學畢業生。
　　　❷ **枕**頭的軟硬是否適中，會影響睡眠的質素。

辨析　「忱」讀【岑】，本義是「真誠」，由於描述心理狀態，因此屬「心」部。「熱忱」就是「熱誠」。
　　　「枕」讀【怎】，本義是「枕頭」，古代的枕頭都用木材製成，因此屬「木」部。「枕」也用作動詞，讀【浸】，意指用枕頭或其他東西墊頭。


<u>68</u>　徒步 ✅　　徙步 ❌

例句　❶ 車站位於河的對岸，不能**徒**步前往。
　　　❷ 每到秋天，都有大批候鳥遷**徙**到溫暖的南方。

辨析　「徒」讀【圖】，屬「彳」部，強調「步行」，因此「徒」的本義就是「徒步」、「步行」，後來引申出「信徒」、「學徒」、「白白」等字義。
　　　「徙」讀【璽】，表示「移動」、「遷徙」。「徒」和「徙」兩個字的字形非常接近，分別在於右上角的部件，一為「土」一為「止」。


<u>69</u>　冼星海 ✅　　洗星海 ❌

例句　❶ **冼**星海是出生於澳門的著名作曲家。
　　　❷ 除下口罩後，大家要用梘液徹底清**洗**雙手。

辨析　「洗」的本義是「洗腳」，因此屬「水」部，後來泛指「清洗」。
　　　「冼」讀【癬 sin2】，一般用作姓氏。「冼」姓源自「沈」姓，後來演變為「洗」姓，其後再演變為今天的「冼」姓。

## 70 　贖罪 ✅　　續罪 ❌

例句 ❶ 他想將功贖罪，希望公司不要裁掉自己。

❷ 這場大雨連續下了三天，連溝渠裏都灌滿了水。

辨析 「贖」讀【淑】，本義是指「買賣」、「貿易」，因此屬「貝」部。後來指「贖回」，也指「交換」，「將功贖罪」就是將「功勞」與「罪過」交換。

「續」讀【逐】，本義是「接連不斷」，後來又指「添加」、「程序」。

## 71 　懷孕 ✅　　壞孕 ❌

例句 ❶ 她主動把座位讓給一位懷孕中的婦女。

❷ 揮霍金錢是敗壞財物，虛度光陰是敗壞人生。

辨析 「懷」起初寫作「裏」。「裏」由「衣」和「罒」組成。「罒」像眼睛流淚的樣子，淚水沾濕了衣服，表示「懷念」，後來才加上「心」部。「懷」也有「胸襟」、「抱着」、「懷孕」等意思。

「壞」起初指「敗壞」，後也有「損壞」、「奸詐」、「不好」等含義。

## 72 　職業 ✅　　熾業 ❌

例句 ❶ 職業無分貴賤，人卻有勤勞與懶惰之別。

❷ 太陽發出熾熱的光芒，燃燒着大地。

辨析 「職」屬「耳」部，本義是「職務」、「職責」，後來引申出「職掌」、「職業」等字義。

「熾」讀【次】，本來指火燒得旺盛，因此屬「火」部。「熾熱」就是指「非常熱」。

# 7　與「手」相關的「盡」和「書」

誤　盡　　正　盡

　　某日，路經銅鑼灣站。在站內行人通道的牆壁上，有信用卡公司張貼了大型海報，宣傳只需要一張其公司發出的信用卡，即可「食盡全世界」。這時，我的職業病發作，竟然發現海報上的「盡」寫錯了——上半部分多了個「一」畫，結果寫了錯字。

　　「盡」和「書」上半部分的部件很相似，都包含了表示「手」的部件「肀」，然而本義卻是大不相同。那麼這隻「手」跟「盡」和「書」又有着甚麼關係呢？

先説「書」。「書」由「聿」和「曰」組成，「曰」是「者」的簡筆，是聲符，表示「書」的讀音；「聿」（讀【核 wat6】）是形符，表示「手拿着筆」。手既然拿着筆，自然是要「寫字」，故此「書」的本義就是「書寫」。右圖是「聿」這個部件的甲骨文，上面的「ヨ」像一隻手，其餘部分就像一枝筆。一隻手拿着筆——「聿」的本義就是「筆」，後來才在頂上加上「竹」部，新造出「筆」字。

再説「盡」字。「盡」屬「皿」部，本義應當與「器皿」有關。左圖是「盡」的甲骨文寫法，下面的部件就是「皿」，是盛載食物用的器皿；右上的就像一隻手，是「盡」的部件「ヨ」；這隻手拿着一個刷子，當中刷柄是「盡」的部件「丨」；至於那四條刷毛，就是「盡」的部件「灬」。可見，「盡」的確不可以無故多加一橫。

那麼「盡」的本義是甚麼呢？用手拿着刷子來清洗器皿，一般都是在飲食完畢後才做的事情，因此「盡」的本義就是「飲食完畢」，後來解作「完結」，繼而引申出「全部」的意思。海報中的口號「食盡全世界」，就是指「把全世界的美食全部吃掉」。

由此可見，辨別字形的其中一個方法，就是從它們的古文字開始探究，了解它們的起源、結構、變化，這樣就可以清楚理解每個字的寫法和意思。

# 文字辨析

## <u>73</u>　瓜田李下 ✅　　爪田李下 ❌

例句　❶ 考試時東張西望，就難免有**瓜**田李下的作弊嫌疑。
　　　❷ 你怎能單憑這**一鱗半**爪的線索便草草下結論？

辨析　「瓜」的外圍像一個木棚，中間的部件「厶」就像依附在木棚和藤蔓上生長的瓜果，因此本義是「瓜果」。「瓜田李下」就是指容易引起懷疑的場合。
　　　「爪」就像一隻向下的手伸出鋒利的指爪，故此本義就是指「鳥獸或人的指爪」。「一鱗半爪」就是比喻零碎的事物。

## <u>74</u>　夭折 ✅　　天折 ❌

例句　❶ 由於營養不足，這個嬰兒出生後不久就**夭**折了。
　　　❷ 雨後的**天**空清朗明澈，一塵不染。

辨析　「夭」讀【繞】，像一個頭部歪斜了的人形，指的就是「年幼而死」。「夭折」就是指「早死」。「夭」也讀【腰】，解作「茂盛」。
　　　「天」的部件「大」表示「人」，頂頭的「一」是符號，用來強調頭部。「天」的本義是「頭部」，後來才引申為「天空」。

## <u>75</u>　陪伴 ✅　　部伴 ❌

例句　❶ 王婆婆是獨居長者，只有一隻小貓**陪**伴自己。
　　　❷ 這次考試分為筆試和口試兩**部**分。

辨析　「陪」的部件「阝」在左邊，屬「阜」（讀【埠】）部，基本意義是「陪伴」。
　　　「部」的部件「阝」在右邊，屬「邑」（讀【泣】）部，基本意義是「部分」。

## 76 鼓舞 ✅　鼔舞 ❌

例句　❶ 今年的銷售額大幅增長，令人十分**鼓舞**。

　　　❷ 據考證，早在戰國時代，人們已經開始食用**豆鼔**。

辨析　「鼓」由「壴」（讀【古】）和「支」組成。「壴」是鼓，「支」是手，用手打鼓，故此「鼓」的本義就是樂器「鼓」。「鼓舞」起初指通過「擊鼓」來振奮人心，後來用於描述心情，表示「歡悅而興奮」。

　　　「鼔」的基本意義是「豆鼔」，指一種把黃豆或黑豆泡透、煮熟，經發酵而成的食品，故此屬「豆」部。


## 77 綠色 ✅　錄色 ❌

例句　❶ 我有一個美好的願望：讓沙漠變成**綠色**的海洋。

　　　❷ 這台**錄音機**的**錄音**效果不好，播放時會出現雜音。

辨析　「綠」是古代漂染絲綢用的顏色，因此屬「糸」部。「綠」的本義是「青黃色」，後來泛指綠色。

　　　「錄」的本義是「金色」，因此屬「金」部，後來被借來表示「記錄」。「錄音」就是把聲音記錄下來。


## 78 嘗試 ✅　嘗拭 ❌

例句　❶ 大家要勇於**嘗試**以前沒有做過的事情。

　　　❷ 爺爺小心翼翼地**擦拭**着這個祖傳的青花瓷花瓶。

辨析　「試」讀【肆】，屬「言」部，本義是「使用」，後來又表示「嘗試」、「考試」、「試探」等。

　　　「拭」讀【色】，本來是指「擦」、「抹」，故此屬「手」部。「擦拭」就是指「擦抹」。

## 79　喝豆漿 ✅　　喝豆醬 ❌

例句　❶ 每天早上，爺爺都要喝上一碗熱騰騰的**豆漿**。

　　　❷ **豆醬**本身已有鹹味，故此不用再加鹽來調味。

辨析　「漿」讀【章】，本義是指釀製的酸味飲品，故此屬「水」部。
　　　「豆漿」是用黃豆磨成的飲品。
　　　「醬」屬「酉」部，本義是「肉醬」，後來泛指所有搗爛如泥
　　　的食物。「豆醬」就是用黃豆製成的醬料，可以用來調味，
　　　卻不能飲用。「漿」和「醬」的最大分別，就是前者是液體，
　　　後者呈泥狀，較濃稠。


## 80　尊敬 ✅　　遵敬 ❌

例句　❶ 品格高尚的人自然會贏得別人的**尊敬**。

　　　❷ 不管你是誰，出身、地位如何，都要**遵守**法律。

辨析　「尊」讀【專】，屬「寸」部，與手部有關。「尊」的甲骨文
　　　字形好像兩隻手放置酒器的樣子，因此本義是「放置」，後
　　　來指酒器，也可解作「尊敬」。
　　　「遵」讀【樽】，屬「辵」部，與「走路」有關，本義是「沿
　　　着」，後來引申出「遵從」等字義。


## 81　拳擊手 ✅　　拳繫手 ❌

例句　❶ 這兩位重量級**拳擊**手勢均力敵，難分勝負。

　　　❷ 我們好久沒有和叔叔**聯繫**了，不知道他最近怎樣？

辨析　「擊」的本義是「敲打」，因此屬「手」部，後來引申出「攻
　　　擊」、「撞擊」等意思。「拳擊」是西洋拳術，主要是用拳將
　　　對方擊倒在地。
　　　「繫」讀【係】，本義是「捆綁」，因此屬「糸」部，後來引
　　　申出「拘禁」、「聯繫」等意思。

## 82　必須 ✅　必順 ❌

**例句**　❶ 要做好一件事，首先**必須**有自信心。
　　　　❷ 生活的道路不能總是**一帆風順**的。

**辨析**　「須」屬「頁」部，「彡」像鬍鬚的樣子，本義就是「鬍鬚」，是「鬚」的最初寫法。「須」後來被假借為副詞，表示「必須」。
　　　　「順」屬「頁」部，「川」是河流，有說比喻像流水一樣順暢，本意是「理順」、「順從」，後來引申出「順利」、「順便」等意思。


## 83　罹難 ✅　羅難 ❌

**例句**　❶ 這架飛機在空中解體，機上全部人**罹難**。
　　　　❷ 敵人自投**羅網**，陷入我軍的重重包圍中。

**辨析**　「罹」讀【離】，屬「网」部，本義是「擔憂」，與心理狀態有關，因此左下的部件是「忄」。「罹」後來又指「遭逢」，「罹難」就是「遭逢災難而死」。
　　　　「羅」屬「网」部，本寫作「罹」，指捕鳥（隹）用的網，後加上「糸」部，表示用繩子編織而成。


## 84　白晝 ✅　白畫 ❌

**例句**　❶ 大廳裏燈火輝煌，明亮得如同**白晝**。
　　　　❷ 這些**畫**作水準不高，不能拿去參展。

**辨析**　「晝」的本義是白天，是指太陽出來至落下的時段，因此屬「日」部。「白晝」就是「白天」。
　　　　「畫」上半部分是「聿」，表示手拿着筆，下面的「田」像花紋、圖案之類的東西，因此「畫」的本義就是繪畫。

# 「武威」作「武戚」

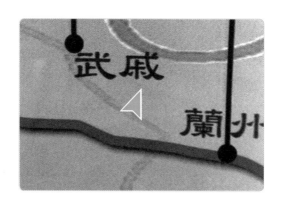

誤 武戚　　正 武威

　　古有「馮京作馬涼」，今有「武威作武戚」，叫人啼笑皆非。上圖是一位朋友發給筆者的，希望筆者可以把它「發揚光大」，告訴大家這個字的真正寫法。

　　的確，如果沒有右下角的「蘭州」二字，筆者也未必知道圖中的「武戚」就是指「河西四郡」的「武威」。

　　「河西四郡」是指位於甘肅蘭州以西的四個郡，從東面開始包括：武威郡、張掖郡、酒泉郡和敦煌郡。

武威郡原本是匈奴休屠王的領地。後來休屠王被霍去病擊敗，歸附漢朝。漢武帝於是在當地設郡，稱為「武威」，意指「武功軍威」。那麼「威」是甚麼意思呢？

「威」由「戌」和「女」組成。「戌」是一種斧頭類的武器。它的金文寫法是「」，像一把斧頭架在一位女子之上，向她施以威壓。的確，「威」的本義就是用武力懾服別人，用「女」來表示別人，就更凸顯古代男權社會對女性的蔑視。

至於「戚」，其字義起初也是與武器有關的——「」是它的甲骨文寫法，本來是指斧頭之類的武器。到金文時代，人們更創造了「」這個有趣的寫法，把斧頭的特徵顯露無遺。不過把整把斧頭畫出十分不便，後人於是改用簡單的幾筆，創出新字「」：右上的部件是「戉」，表示武器，是意符；左下角的部件是「尗」，表示讀音，因而發展成今天「戚」這個形聲字。

「戚」後來被借用作姓氏，「戚繼光」是明朝名將；也表示憂傷，「小人長戚戚」是指小人經常感到擔憂，怕作惡後有報應；更表示親戚——古有「內親」和「外戚」之分，前者是父系親人，後者則是母系親人。不論是本義，還是後起義，「戚」都無「懾服」之意，可見「武威」絕對不可以寫作「武戚」。

話說回來，「馮京作馬涼」中的「馮京」是誰？原來他是北宋時的高官。據說馮京考科舉期間，某考官誤把他的名字讀成「馬涼」，一時傳為笑談，後人於是用此諺語來形容人做事粗心大意。

# 文字辨析

## 85　冀望 ✅　翼望 ❌

例句　❶ 我懇切地**冀**望你能了解我句句都是發自肺腑。
　　　❷ 人們從雀鳥翅膀取得靈感，製造了飛機的**機翼**。

辨析　「冀」的甲骨文寫法，像用雙手把物件戴在頭上跳舞，似在
　　　祈求上天，因此「冀」本來指「期望」。
　　　「翼」屬「羽」部，表示與雀鳥有關，本義就是雀鳥的翅膀，
　　　後來亦指其他生物的翅膀，更用於呈翅膀狀的事物，譬如
　　　「機翼」等。

## 86　批准 ✅　批淮 ❌

例句　❶ 當局**批**准了這一區舊樓的清拆計劃。
　　　❷ **淮**河，在古代與長江、黃河和濟水並稱「四瀆」。

辨析　「准」起初寫作「準」。「準」的其中一個字義是「許可」，
　　　後來演化出這個屬「冫」部的「准」字。
　　　「淮」讀【懷】，屬「水」部，本義是一條河流的名稱，也就
　　　是流經河南、湖北、安徽、江蘇和山東五省的「淮河」。

## 87　差別 ✅　羞別 ❌

例句　❶ 同一款產品，在不同地區銷售，售價大有**差**別。
　　　❷ 他對過去那件醜聞感到**羞愧**萬分。

辨析　「差」屬「工」部，有多個讀音。讀【叉】時，表示「錯誤」、
　　　「分別」；讀【猜】時，解作「差事」；讀【癡】時，解作「不
　　　整齊」。
　　　「羞」屬「羊」部，下面的部件「丑」本來是一隻手，表示
　　　進獻肥羊等美食，後來被借用來表示「羞愧」。

## 88 手足無措 ✅　手足無錯 ❌

例句　❶ 這項艱巨的任務使他有點**手足無措**。
　　　❷ 這種錯誤實在太普遍了，有糾正的必要。

辨析　「措」讀【醋】，屬「手」部，本指「放置」，「手足無措」
　　　是指手腳無處安放，形容舉止慌亂，不知如何是好。此外，
　　　「措」也用於「措施」、「籌措」。
　　　「錯」讀【cok3】，屬「金」部，與金屬有關，本指磨刀石，
　　　後來解作「交錯」、「交疊」。「錯」也讀【挫】，解作「錯誤」。

## 89 壓抑 ✅　壓仰 ❌

例句　❶ 他一直**壓抑**着的怒氣終於迸發出來了。
　　　❷ 我躺在草坡上，**仰望**着天空的萬點繁星。

辨析　「抑」讀【億】，屬「手」部，本指用手按壓事物，後來引申
　　　出「遏止」的字義。「壓抑」意指「遏止情感的流露」。
　　　「仰」讀【養】，屬「人」部，多指「抬頭」、「敬慕」等。「仰
　　　望」就是抬頭望。

## 90 撒嬌 ✅　撤嬌 ❌

例句　❶ 他都這麼大了，還喜歡跟父母**撒嬌**。
　　　❷ 司馬懿擔心諸葛亮埋下伏兵，於是馬上掉頭**撤退**。

辨析　「撒」讀【殺】，屬「手」部，與手部動作有關，起初解作「放
　　　開」、「散播」，後來又指「任性」。「撒嬌」就是指倚仗對方
　　　的寵愛而任意作出嬌態。
　　　「撤」讀【切】，屬「手」部，同樣與手部動作有關，本義是
　　　「除去」，例如「撤回決定」，後來也指「撤退」，意指放棄
　　　已經佔領的陣地。

## 91　焚書坑儒 ✅　　焚書抗儒 ❌

例句　❶ 秦始皇**焚書坑**儒，可說是學術史上空前的浩劫。

　　　❷ 如果平時不注意鍛煉身體，**抵抗力**就會變差。

辨析　「坑」，本指土地上凹陷的地方，故此屬「土」部，譬如「土坑」、「泥坑」。後來用作動詞，指把人活埋在土坑裏。「坑儒」就是指把儒生活埋。

　　　「抗」本來指「抵禦」、「抗拒」，故屬「手」部。「抵抗」就是指抵禦敵人、病菌等。


## 92　本末倒置 ✅　　本未倒置 ❌

例句　❶ 為了賺錢而犧牲身體健康，真是**本末倒**置。

　　　❷ 青年人對**未來**的生活有很多美好的幻想。

辨析　「本」由「木」和符號「一」組成，該符號指向樹木的根部，因此「本」就是指樹根，後引申出「本來」、「根本」等字義。

　　　「末」一樣由「木」和符號「一」組成，符號卻指向樹木的枝頭，因此「末」本來指樹梢，後來引申出「末尾」、「次要」等字義。

　　　「末」的字形跟「未」相似，可是前者的兩個橫畫上短下長，後者的上長下短。「未」一般用作副詞，表示「還沒有」。


## 93　飲鴆止渴 ✅　　飲鳩止渴 ❌

例句　❶ 這是一種**飲鴆止**渴的做法，不能徹底解決問題。

　　　❷ 用物件霸佔他人座位，是**鵲巢鳩佔**的缺德行為。

辨析　「鳩」從「鳥」部，讀【gau1】，指的是「斑鳩」。

　　　「鴆」從「鳥」部，讀【朕】，是一種有毒的雀鳥，用牠的羽毛來浸釀的酒，也稱為「鴆」。

## 94  師傅 ✅  師傳 ❌

例句  ❶ 點心**師**傅能把平平無奇的蝦餃變為藝術品。

❷ 在香港,製作潮州糖餅的技藝快將要**失**傳了。

辨析  「傅」屬「人」部,本義是「輔佐」、「教導」,後來指教導、傳授技藝或學業的人。「師傅」就是對有專門技藝的人的尊稱。

「傳」起初讀【鑽】,本義是幫助傳遞消息的驛站,後來引申出「傳遞」(讀【全】)、「傳記」(讀【zyun6】)等意思。

## 95  免費 ✅  兔費 ❌

例句  ❶ 得獎者將可以**免**費享用本酒店的設施。

❷ 魔術師能從帽子裏變出**兔**子來。

辨析  「免」的部件「ク」像一頂帽子,因此「免」的本義是戴帽子,後來假借為「免除」、「避免」。

「兔」的甲骨文好像一隻兔子,它和「免」的分別在於「、」畫,那正是兔子短短的尾巴。

## 96  寬恕 ✅  寬怒 ❌

例句  ❶ **寬**恕就等於給他一次重新做人的機會。

❷ 今年又是個豐收年,農民樂得**心花**怒**放**。

辨析  「恕」屬「心」部,由「如」和「心」組成,本義是「推己及人」,正切合了「(猶)如(己)心」的意思,後來才引申出「寬恕」等字義。

「怒」同屬「心」部,指憤怒的心情。「心花怒放」的「怒」指「旺盛」,形容心情像盛開的花朵般快活。

# 9 女為姓，貝為財，羊為弱

## 誤 必贏　正 必嬴

　　香港寸土尺金，能夠置業上車的，自然是「人生勝利組」，成為「贏」家——等等，好像出現了別字呢！

　　地產舖海報上的「嬴」字讀【盈】，屬「女」部，起初用作姓氏，也就是秦朝的國姓。據《史記》記載，秦國人的先祖是一位名叫「女修」的女子。她吞下了玄鳥的蛋後，生下了「大業」。大業的兒子叫「大費」，曾與夏禹一起治理洪水，也曾替舜帝「調馴鳥獸，鳥獸多馴服」，因此舜帝給他「賜姓嬴氏」。後來，周天子將「秦邑」（位於今天的甘肅省）分封給「大費」的後人「非子」，讓他建立秦國。從此，「嬴」就成為了秦的國姓。

「嬴」這個姓氏有着甚麼意思呢？根據《説文解字》，「嬴」由部首「女」和「𧱵」組成。「𧱵」是傳說中的一種神獸，而「大費」是靠馴服鳥獸起家的，因此用神獸作為姓氏，不足為奇。

　　那麼為甚麼會屬「女」部呢？有學者認為，遠古社會以女性作主導，因此當時的人創立姓氏時，多用「女」部文字，譬如：嬴、姜、姚、姬（讀【機】）、姒（讀【似】）、媯（讀【歸】）等，就連「姓」字本身也屬「女」部。

　　「嬴」是姓氏，與「勝利」沒有關係，廣告中的「嬴」應該寫作屬「貝」部的「贏」。古人以貝殼為貨幣，因此屬「貝」部的字多與錢財有關。「贏」本指盈餘。因為有盈餘，在賬面上勝過別人，因此「贏」也解作「勝利」。照片中的樓盤位於啟德站，樓價不菲，能夠用巨額資金購買的，自然是「人生勝利組」，故此應寫作「贏」字。

　　除了上述二字，「羸」（讀【雷】）也經常被混淆，因為三個字的字形極為相似。「羸」屬「羊」部，意指瘦弱。的確，相比起其他動物，「羊」較為溫馴、柔弱，因此以「羊」作為「羸」的部首，是十分合理的。

　　「女為姓，貝為財，羊為弱。」大家只要記住這句口訣，就可以避免混淆「嬴」、「贏」、「羸」這三個近形字了。

# 文字辨析

剛愎自用 ✅　剛復自用 ❌

例句　❶ 他為人剛愎自用，聽不進別人的任何意見。
　　　❷ 疫情過後，市民開始陸續復工、復課。

辨析　「復」讀【服】，起初寫作「复」，指腳步掉轉，返回屋內，
　　　本義是「返回」，其後引申出「再次」等字義。後來才加上
　　　「彳」部，強調步行。
　　　「愎」讀【壁】，解作「固執」、「任性」，切合部首「心」（忄）
　　　的字義範疇。

陶冶 ✅　陶治 ❌

例句　❶ 閱讀優美的詩歌，可以陶冶我們的性情。
　　　❷ 我們要治理好黃河，以防洪水泛濫成災。

辨析　「冶」起初由「呂」、「刀」、「口」組成，「呂」是金屬原材料，
　　　「刀」是鑄成的器具，「口」只是裝飾性部件，可見「冶」的
　　　本義就是鑄造金屬。後來「呂」變為「冫」，「刀」變作「厶」，
　　　與「口」結合成今天的「冶」字，並引申出「鍛煉」、「培養」
　　　等字義。
　　　「治」從「水」部，本來是河流名稱，後來指「疏理水道」，
　　　繼而引申出「治理」的字義。

貶謫 ✅　眨謫 ❌

例句　❶ 蘇軾一生多次被貶謫，卻依然保持着樂觀的性格。
　　　❷ 滿天的星星若明若暗的，好像孩子在眨眼睛。

辨析　「貝」是指錢財，缺乏錢財就是「貶」的本義——減損、減
　　　少，因而引申出給予低評價、降職等字義。
　　　「眨」屬「目」部，本義為眼瞼一開一閉，正與「眼睛」有關。

## 100　荼毒 ✅　茶毒 ❌

例句　❶ 翻閱暴力漫畫，只會**荼毒**我們的心靈。

　　　❷ 茶、咖啡和可可是世界三大飲料。

辨析　「荼」屬「艸」部，讀【途】，是一種植物的名稱，也就是「苦菜」。後來與「毒」（毒蟲）組成詞語「荼毒」，表示痛苦、毒害。

　　　至於「茶」，有說是從「荼」演化出來的字，把「余」的短橫畫刪掉，與「荼」作區別。


## 101　汗流浹背 ✅　汗流夾背 ❌

例句　❶ 農夫因為收割農作物，累得**汗流浹背**。

　　　❷ 夾在妻子和母親中間，陳先生感到十分為難。

辨析　有說「夾」像一個人用腋下夾住兩個人，也有說像兩個人相向夾住一個人，但本義都是「挾持」，後來才加上「扌」，寫成「挾」。「夾」後來又引申出「夾雜」、「鉗物的工具」等新字義。

　　　「浹」屬「水」部，粵音讀【接】，意指「透澈」、「浸透」，「汗流浹背」就是指汗水濕透了背脊。


## 102　病入膏肓 ✅　病入膏盲 ❌

例句　❶ 他已**病入膏肓**，醫生也束手無策了。

　　　❷ 不是任何犬隻都可以成為**導盲犬**的。

辨析　「病入膏肓（讀【方】）」中的「膏」和「肓」是藥力不能達到的身體部位。既然是身體部位，那麼自然屬「肉」部。

　　　至於「盲」是指「亡」（失去）、「目」（眼睛），是失明的意思，故此屬「目」部。

## 103　瓦礫 ✅　　瓦爍 ❌

例句　❶ 救援人員在**瓦礫**堆中發現了一名生還者。
　　　❷ 寂靜的黑夜裏，幾顆星星在夜幕上**閃爍**着。

辨析　「礫」讀【瀝】，本義是「小石頭」，故此屬「石」部。「瓦礫」
　　　就是指破碎的磚瓦。
　　　「爍」讀【削】，屬「火」部，指的是「火光閃動」。因此「瓦
　　　礫」不可以寫作「瓦爍」，「閃爍」不可寫作「閃礫」。


## 104　服侍 ✅　　服待 ❌

例句　❶ 子路問怎樣**服侍**君主。孔子說：「要犯顏直諫。」
　　　❷ 晚會馬上就開始了，請大家再耐心**等待**一下。

辨析　「彳」來自「行」，有道路的意思；右邊部件「寺」的「土」
　　　是「止」，表示雙腳停了下來；「寸」則像「手」，表示雙手
　　　交疊。可見「待」整個字生動地描述了一個人在路邊停下
　　　來，把雙手交疊，等候別人的情形。
　　　至於「侍」屬「人」部，強調伺候、服務別人。


## 105　重蹈覆轍 ✅　　重滔覆轍 ❌

例句　❶ 既然犯過一次錯誤，你就不要**重蹈**覆轍了。
　　　❷ 李伯伯為人健談，說起話來**滔滔**不絕。

辨析　「蹈」讀【杜】，本義是「踐踏」、「踏地」，故此屬「足」部。
　　　「重蹈覆轍」字面解作再次踏上翻過車的舊路，比喻再犯同
　　　一錯誤。
　　　至於「滔」讀【韜 tou1】，本義是「水勢盛大」、「連續不斷」，
　　　故此屬「水」部。由於「蹈」、「滔」二字經常被混淆，故此
　　　「重蹈覆轍」的「蹈」經常被誤讀作【滔】。

## 106　褫奪 ✅　　遞奪 ❌

例句　❶ 由於被證實服用禁藥，因此他的獎牌被褫奪了。

　　　❷ 觀看奧運會聖火傳遞的人不計其數。

辨析　「褫」讀【此】，屬「衤」部，本指「搶奪衣服」，後來引申出「剝奪」、「革除」等字義。

　　　「遞」屬「辵」（讀【桌】）部，本義指「更替」，後來引申出「依次序」、「派遞」等新字義。

## 107　寵信 ✅　　龐信 ❌

例句　❶ 國王將土地分封給他寵信的大臣和官員。

　　　❷ 鯨是地球上體型最龐大的哺乳類動物。

辨析　「寵」讀【塚】，屬「宀」部，指的是房屋，意指人像龍一樣，尊貴地坐在屋裏，後來引申出「尊敬」、「寵信」、「寵愛」等字義。

　　　「龐」讀【旁】，其部首「广」（讀【廠】）一樣解作房屋。「龐」的本義是「高大的房屋」，後來引申出「龐大」等字義。

## 108　肄業 ✅　　肆業 ❌

例句　❶ 學生在這裏可以獲得肄業證書。

　　　❷ 他放肆的做法讓大家忍無可忍。

辨析　「肄」讀【二】，指學習，特別強調沒有畢業或尚未畢業。

　　　「肆」讀【試】，左邊的部件像一頭野獸，右邊的「聿」像手中帶血，本義是一種祭祀的名稱，表示用野獸的血來祭祀神明，後來才指「放肆」、「店舖」等。

# 近形三兄弟：己、已、巳

## 誤 已亥　　正 己亥

　　照片拍攝自內地印刷的年曆，先不論「豬」和「猪」的繁簡問題。照片中的「已」是別字，因為「已」並不是十天干之一，正確的天干是字形極為相近的「己」。

　　除了「已」和「己」，「巳」也是很容易被混淆的近形字。為了辨析這「近形三兄弟」，民間創作了「開口『己』，埋口『巳』，半口『已』」這口訣，根據「橫折」（ㄱ）和「豎彎鈎」（ㄴ）兩個筆畫的開合來作辨別——這三個字的字形演變是怎樣的？

「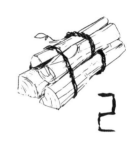」是「己」的甲骨文寫法，像迴環的絲繩，本指捆綁東西用的繩子（見右圖），是「紀」的最初寫法。由於被捆綁的物件顯得整齊，有規律，因此「紀」的字義與「法紀」、「紀律」有關。同時，「自己」是最能約束自己的人，因此「己」後來也引申為「自己」。

　　「巳」粵音讀【字】，甲骨文寫作「　」，《說文解字》解釋說：「巳……象（像）子（嬰兒）未成形也。」「巳」的本義就是「胎兒」，不過也有人說像蛇蟲之形。姑勿論像甚麼，其上半部分都是合起來的，跟今天的「巳」無異。

　　後來，「己」被借用作「天干」，排行第六；「巳」則被借用作「地支」，同樣排行第六。古人創造「天干」和「地支」，起初是用來記錄年、月、日的。他們將十天干（甲乙丙丁戊己庚辛壬癸）和十二地支（子丑寅卯辰巳午未申酉戌亥）按順序相配，即從「甲子」開始，到「乙丑」、「丙寅」，一直到最後的「癸亥」，共六十個組合，因此又稱為「六十甲子」。當中「己亥」排第三十六，而「己亥年」即西曆的 1839、1899、1959、2019 年。

　　至於「已」，是從「巳」分化出來的。「巳」的其中一個字義是「終止」，也是用得最頻密的一個字義，因此後人特意為這個字義另造新字──開半口的「已」。「已」的本義是「停止」，《荀子》說：「學不可以已。」就是說學習是不可以停止的。「已」也解作「完畢」、「已經」等，但從未被借用作天干或地支，因此照片中的「己亥」是錯誤的。

# 文字辨析

## 109 肆無忌憚 ✅　肆無忌殫 ❌

例句　❶ 匪徒衝入首飾店，**肆無忌**憚地搶掠。

　　　❷ 諸葛亮一生為復興漢室殫**精竭慮**，死而後已。

辨析　「憚」讀【但】，屬「心」部，是情緒的一種——畏懼，「肆無忌憚」就是指做壞事毫無顧忌。

　　　「殫」讀【丹】，屬「歹」部。「歹」部的文字多與「死亡」有關，「殫」就是解作「耗盡」。「殫精竭慮」就是指耗盡精力、花光心思。

## 110 蜚聲 ✅　斐聲 ❌

例句　❶ 像張國榮那樣蜚聲中外的巨星，已經寥寥無幾了。

　　　❷ 他的文學研究著述繁多，成就斐**然**。

辨析　「蜚」屬「虫」部，是多音字，讀【匪】時是指昆蟲，「蜚蠊」就是「蟑螂」；讀【飛】時，與「飛」相通，「蜚聲」就是指名聲「飛揚」到各處。

　　　「斐」屬「文」部，讀【匪】，意指有文采。「斐然」就是指事情非常精彩。

## 111 緊絀 ✅　緊咄 ❌

例句　❶ 政府近年來財政緊絀，被迫削減公共開支。

　　　❷ 他說話總給人咄咄**逼人**之感，令人很不舒服。

辨析　「絀」屬「糸」部，讀【啜】或【絕】，起初是一種紅色的名稱，後來解作「不足」，「緊絀」就是指資源匱乏。

　　　「咄」讀【deot1】，屬「口」部，解作「呵叱」、「叱責」，「咄咄逼人」就是指盛氣凌人，使人驚懼。

## 112 政府合署 ✅　政府合暑 ❌

例句　❶ 投訴中心位於**政府合**署三樓。

　　　❷ 大家都希望考試快點結束，**暑**假快點到來。

辨析　「署」讀【柱】，屬「网」（罒）部，本指「部署」、「張羅」，後指官員辦公的地方——官署。「政府合署」就是多個政府部門辦公的大樓。

　　　「暑」讀【鼠】，屬「日」部，與「太陽」有關，本義是「炎熱」，後來指「炎熱」的季節——夏天。

## 113 赤子之心 ✅　亦子之心 ❌

例句　❶ 未曾失去**赤**子之心的人是最了不起的。

　　　❷ 我每次出門，小狗都會**亦步亦趨**地跟着我。

辨析　「赤」由「大」和「火」組成，「大火」會發出赤紅色的光芒，因此「赤」的本義就是赤紅色。嬰兒出生時皮膚多為紅色，故用「赤子」來指初生孩子。「赤子之心」是指如孩子般善良、純潔、真誠的心地。

　　　「亦」本指「腋下」，後被借用來表示「也」。「亦步亦趨」字面意思是人家走也跟着走，人家跑也跟着跑，比喻事事仿效或追隨別人。

## 114 砍伐 ✅　砍代 ❌

例句　❶ 人類再胡亂**砍伐**樹木，只會走上毀滅地球的道路。

　　　❷ 青少年時期是一生中的黃金**時代**。

辨析　「伐」由「人」和「戈」組成，意指拿着武器（戈）斬殺人頭，本義就是「砍頭」，後泛指「砍伐」，「伐木」就是砍伐樹木。

　　　「代」本指「代替」，後解作「朝代」、「時代」。

## 115　隔閡 ✅　隔亥 ❌

例句　❶ 他們好像存在着甚麼**隔閡**，見了面總是不説話。

　　　❷ 古代的**亥時**，相當於現在的晚上九點至十一點。

辨析　「閡」讀【核 hat6】，屬「門」部，本指「關門」，引申為「阻
　　　隔」。「隔閡」就是指彼此思想、心意出現了距離。由於「亥」
　　　（讀【害】）是聲符，因此人們多把「閡」誤讀為【害】。
　　　「亥」一般用作地支，排行最後，用以紀時、紀年，譬如「亥
　　　時」、「辛亥年」等。

## 116　圖窮匕見 ✅　圖窮匕現 ❌

例句　❶ 他挪用公款多時，沒想到**圖窮匕見**，最終被捕。

　　　❷ 他從小就**顯現**出非凡的繪畫天賦。

辨析　「見」是多音字，讀【建】時，解作「看到」，譬如「見死不
　　　救」；讀【現】時，指的是「顯露」，「圖窮匕見」就是指事
　　　情的真相敗露。
　　　「現」解作「當今」、「顯露」。雖然「圖窮匕見」有「顯露」
　　　的意思，卻不能將「見」寫作「現」。

## 117　人士 ✅　人土 ❌

例句　❶ 參加研討會的各界**人士**濟濟一堂，氣氛相當熱烈。

　　　❷ 香港可以用來興建住宅的**土地**十分少。

辨析　「士」的本義是「戰士」，後來用作對人的敬稱，如「女士」。
　　　「士」的兩個橫畫，上長下短。
　　　「土」由「十」和「一」組成，「十」是土粒，「一」是地面。
　　　「土」本來指「土堆」，後來指「土地」。「土」的兩個橫畫，
　　　上短下長。

## 118 退隱 ✓　退穩 ✗

例句　❶ 他已經**退**隱多年，現在請他重出江湖，並非易事。
　　　❷ 她待人處事十分穩**當**，是當總經理的最佳人選。

辨析　「隱」屬「阜」部，與「山」有關，意指「躲在山後」，本義
　　　就是「隱蔽」。
　　　「穩」屬「禾」部，本指用腳踐踏穀物，使它們聚集在一起，
　　　後來引申為「穩當」、「安穩」。

## 119 花洒噴水 ✓　花酒噴水 ✗

例句　❶ 煙霧一旦觸碰了感應器，**花**洒就會自動噴水。
　　　❷ 早在一萬年前，人類就懂得用糧食和水果來**釀**酒。

辨析　「洒」屬「水」部，自然與「水」有關，它的本義就是「洗
　　　滌」，後來變成了「灑」的異體字，意指撒、潑液體。
　　　「酒」屬「酉」部，是一種會讓人有醉意的飲料。屬「酉」
　　　部的字，多與酒類或發酵類食品有關。

## 120 戍守 ✓　戌守 ✗

例句　❶ 士兵整裝待發，準備遠赴邊疆**戍**守。
　　　❷ 古代的**戌**時，相當於今天的晚上七點到九點。

辨析　坊間一直有着「橫戌，點戍，戊中空」的說法，用來區別
　　　「戌」（讀【蟀】）、「戍」（讀【恕】）、「戊」（讀【務】）這
　　　三個字的寫法。
　　　「戌」像斧頭一類的兵器，後來假借為地支，用來紀時、紀
　　　年，如「戌時」、「甲戌年」等。「戍」的甲骨文寫法，好像
　　　一個人背着武器去守衛城邑，本義就是「戍守」。
　　　「戊」也是斧頭一類的兵器，後來假借為天干，用來紀年，
　　　如「戊戌年」等。

# 「字」測加油站（二）

選出括號裏適當的文字，把答案圈起來。

1. 高速行走的車輛一（貶／眨）眼就在身旁掠過。

2. 晚上閃（爍／爍）的霓虹燈，是香港獨有的美景。

3. 自從姜維死後，蜀國北伐的事業就無以為（繼／斷）了。

4. 在流感（肆／肄）虐的季節，大家不要前往人多的地方。

5. 歹徒利用閉路電視的（盲／肓）點，成功避過了追捕。

6. 他跟別人吵架時總是（咄咄／絀絀）逼人，讓人十分難受。

7. 在文章（末／未）尾部分，作者就自己的觀點作出了總結。

8. 沒有得到老師的批（淮／准），學生不能擅自使用升降機。

9. 時間所剩無幾，小詩加快步（代／伐），盡力把試卷完成。

10. 新小說終於寫成，這位作家可以暫時安（枕／忱）無憂了。

11. 比賽進行得如火如（茶／荼），誰都預測不了結局會是怎樣。

12. 抬頭（仰／抑）望，朵朵白雲在藍空中飄蕩，十分自由。

13. 爸爸喜歡品（洒／酒），對它們的產地和成分瞭如指掌。

14. 藝術教育能陶（冶／治）性情，啟發學生的創意。

15. （滔滔／蹈蹈）的洪水快讓堤壩崩缺，下游的居民紛紛疏散。

下列各句都有一個別字，請把它圈起來，並在橫線上改正。

16. 海面風平浪靜，船隻平隱地在水上航行。 _____

17. 志華在陸運會中刷新了三千米長跑的紀綠。 _____

18. 因為一場誤會，美芬和雅珊之間出現了隔亥。 _____

19. 清水過濾器濾芯中的沙石，由粗至幼層層褫減。 _____

20. 親戚來拜年了，媽媽叫我把茶端出去款待他們。 _____

21. 如果大家懂得曲突徒薪，這場火災就可以避免。 _____

22. 他常常把聽回來的故事添油加醋，散播流言斐語。 _____

23. 巴士、電車等交通工具收費時，都是不設找贖的。 _____

24. 我們絞盡腦汁，都不能破解爺爺精心部署的棋局。 _____

25. 這項工程費用寵大，公司唯有減省開支，騰出預算。 _____

26. 鐵路工人在連夜工作，希望在黎明前完成修愎工作。 _____

27. 完成比賽的運動員汗流夾背，衣服如淋了雨般濕透。 _____

28. 爸爸把潔白的牛奶和晶瑩的糖醬加進冷咖啡內攪拌。 _____

29. 趁着老師還沒到教室，同學們肆無忌彈地喧嘩奔跑。 _____

30. 鐵匠把融化了的金屬倒入模具內，製成堅硬的鐵器。 _____

第二部分

# 讀音相同

02

# 11 一切從「蛇」開始

誤 其它　　正 其他

一切從「蛇」說起。

「它」的本義是「蛇」，甲骨文作「🐍」，寫法與真實的蛇無異。後來，「它」被用作代詞，解作「別的」，也就是「其他」的最初寫法，當中原因相當有趣。

《說文解字》這樣解釋：「上古艸（草）居，患它，故相問：『無它乎？』」古人住在荒郊草野，經常擔心草中有蛇出沒，於是每當相見，都會問對方：「無它乎？」意思大概是說：「草裏沒有其他東西（蛇）吧？」就這樣，「它」的本義（蛇）逐漸消失，人們開始用「它」來表示「其他」；同時又在「它」的旁邊加上部首「虫」，新造出「蛇」字，來表示蛇。

後來有人創造了「它」的同音字「他」，同樣表示「其他」。「顧左右而言他」這句話就是說有些人為了逃避他人的質問，於是左顧右盼，講其他事情，意圖分散別人的注意力。

長久以來，「它」、「他」兩字互通。直到唐代，「它」逐漸沒落，被「他」取代，一方面繼續表示「其他」，另一方面發展出新字義——第三人稱「他」。在此之前，古人只會用「之」、「彼」、「伊」等人稱代詞，來表示第三身事物。不過，像其他人稱代詞一樣，「他」在古代是沒有男女性別（他／她）、事物性質（他／牠／它）之分的。

直至新文化運動，人們借鑑西方語法，將表示第三身的人稱代詞「他」，細分為「他」、「她」、「牠」、「它」、「祂」等，來表示不同性別或事物性質。同時將表示「別的」的「他」，擴展成兩字詞「其他」，並沿用至今。因此，照片中的「其它」是別字，「其他」才是正確寫法。

「它」、「他」字義演變圖

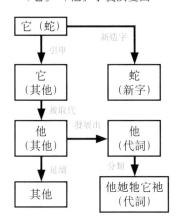

# 文字辨析

## 121 鴉雀無聲 ✓ 鴉鵲無聲 ✗

例句 ❶ 上課鈴聲響過後，教室裏果然**鴉雀**無聲。

❷ 古人認為聽到**喜鵲**鳴叫，就是喜事臨門的兆頭。

辨析 「鵲」屬「鳥」部，指的是「喜鵲」。

「雀」屬「隹」部，指的是「麻雀」。「鴉雀無聲」是指連烏鴉、麻雀的聲音都聽不見，形容環境非常寧靜，因此要寫作「雀」。

## 122 外婆去世 ✓ 外婆去勢 ✗

例句 ❶ 得知外婆**去世**的消息，媽媽哭得肝腸寸斷。

❷ 唐代後期，宦官**勢力**已經大得可以操控皇帝的廢立。

辨析 「世」來自「枼」字。「枼」是「葉」的最初寫法，上面的部件「世」描繪了葉子一代又一代地生長，古人於是另創「世」字，表示人類的世代。後來「世」又指「世界」，「去世」就是指死去。

「勢」解作「權力」、「情況」，也指男性的生殖器官。「去勢」是古代一種割除男性生殖器的刑罰。

## 123 包紮 ✓ 包扎 ✗

例句 ❶ 他忍着痛楚，讓護士給自己**包紮**傷口。

❷ 小瓢蟲碰到蜘蛛網後，就**掙扎**不開了。

辨析 「紮」屬「糸」部，本指用絲線纏繞、束縛。包紮需要用上繃帶來纏繞傷口，因此必須用「紮」。

「扎」屬「手」部，本指「刺痛」，後來又可指「駐扎」、「掙扎」。「紮」、「扎」都是動詞，可是前者強調「包圍」，後者強調「刺入」、「鑽進」。

## 124 莫名其妙 ✅　莫名奇妙 ❌

例句　❶ 他今天説話語無倫次的，讓人大感**莫名其妙**。

　　　❷ 這部科幻小説把我們帶進了一個**奇妙**的世界。

辨析　「奇」可與「妙」合用，意指「神奇」，不過不能寫作「莫名奇妙」，因為「莫名其妙」裏的「其」是代詞，解作「當中的」，整個成語的意思是——不能（莫）説出（名）當中的（其）奇怪（妙）。

## 125 歌頌 ✅　歌誦 ❌

例句　❶ 古代不少詩人都會創作**歌頌**君王的詩文作品。

　　　❷ 這孩子天生聰明，三歲就能**背誦**古詩。

辨析　「頌」屬「頁」部，屬「頁」部的字多與頭部有關。「頌」的本義是「容貌」。人擁有美好的容貌，就會被讚美，因此「頌」後來引申為「歌頌」。

　　　「誦」屬「言」部，與「説話」有關，本義是「帶有節律的背誦」，後來又指「讀出」，「背誦」就是「即使不看原文也能讀出詩文」。

## 126 符合 ✅　乎合 ❌

例句　❶ 志偉身材矮小，不**符合**當消防員的要求。

　　　❷ 政府的政策要**合乎**「量入為出」的大原則。

辨析　「符」是古代用作憑證的器物，在竹、木、銅等器物之上刻字，然後分為兩半，雙方各執其一。如果兩半能夠相合，即能驗證真偽，故此後世有「符合」一詞，指事物能夠互相吻合。

　　　另有「合乎」一詞，意思跟「符合」相近，但不能寫作「乎合」。

## 127　按部就班 ✅　　按步就班 ❌

例句　❶ 無論學習甚麼知識，都需要**按部就班**，循序漸進。
　　　❷ 這項實驗要分四個步驟，才可以安全完成。

辨析　「按部就班」本指官員按照（按）所屬部門（部），到（就）
　　　朝廷上指定的行列（班）排隊，後來指做事依照一定的條
　　　理、步驟。
　　　由於「步」也解作「步伐」、「步驟」，因此不少人誤將「按
　　　『部』就班」寫作「按『步』就班」。


## 128　克服 ✅　　刻服 ❌

例句　❶ 這件事不管有多困難，我們都要想辦法**克服**。
　　　❷ 石匠用巧手將這塊頑石**雕刻**成精美的藝術品。

辨析　「克」的甲骨文像人用肩膀來背起重物，本義為「背起重
　　　物」，後引申為「肩負重任」，也就是「勝任」，繼而再衍
　　　生出「克服」、「克制」等新字義，「克服困難」就是「戰勝
　　　困難」。
　　　「刻」屬「刀」部，本指「雕刻」，後也指「嚴格」、「傷害」，
　　　但都不能跟「困難」搭配。


## 129　尋人啟事 ✅　　尋人啟示 ❌

例句　❶ 爺爺走失了，爸爸於是在街道上張貼尋人**啟事**。
　　　❷ 我愛讀寓言故事，因為可以從中得到有益的**啟示**。

辨析　「示」本指上天通過天象向人預告吉凶禍福，因此「啟示」
　　　有「啟發」、「指示」等意，指某事物令人有所領悟。
　　　「事」就是「事情」，「啟事」意指「陳述事情」，是一種向
　　　公眾說明事情的實用文，如：尋人啟事。

## 130　遠山的倒影 ✅　　遠山的倒映 ❌

例句　❶ 遠山的**倒影**，倒映在碧綠的湖水中。

　　　❷ 生活中的點滴小事也可以**反映**一個人的品格。

辨析　「映」屬「日」部，本義為「照耀」，「倒映」就是指物體的影像反映在水面或鏡子中。

　　　「影」屬「彡」（讀【三】）部，本義是「影子」，「倒影」就是上下顛倒了的樣子。可見「映」、「影」之別在於其詞性：前者是動詞，後者是名詞。


## 131　顧名思義 ✅　　故名思義 ❌

例句　❶ **顧名思義**，「香港」起初就是運送香木的港口。

　　　❷ 他們怎能**無緣無故**地拘捕市民？

辨析　「顧」屬「頁」部，本義指「回頭看」，後來從「看」引申出新字義，如：「顧盼」、「照顧」等。「顧名思義」是指「看」到事物的名字就會聯想到它的意思，因此應該用表示「看」的「顧」。

　　　「故」的部件「古」，既是聲符，也是形符，本義就是「古舊」，後來也解作「因此」、「緣故」等。


## 132　博大精深 ✅　　博大精心 ❌

例句　❶ 這本書的內容**博大精深**，不能隨便看看就算。

　　　❷ 我給母親**精心**挑選了一份生日禮物。

辨析　「精心」指「細密的心思」，「精心傑作」就是指用細密的心思創作出的傑出作品。

　　　「精深」指事物很有層次，非常高深，「博大精深」是說事物的內容廣闊（博大）、高深（精深）。可見「精心」多用於人，「精深」多用於物。

「信步」怎可「即達」?

誤 信步　正 迅步

　　這是某銀行懸掛在港鐵金鐘站通風樓外牆的直幡廣告。「信」本義就是「誠信」。段玉裁在《說文解字註》中說:「人言則無不信者,故从(從)人、言。」所謂「人言為信」,只要說了出口,就要履行承諾;只有履行了承諾,才是有「誠信」。

　　「信」帶有「期許」的意味,譬如「信用」、「誠信」等;可是與動詞結合後,多會變成副詞,帶有「隨便」、「漫無目的」的意思,與本義相去甚遠,譬如「信馬」、「信口」、「信步」。

「信馬」意指任由馬匹行走。北宋王禹偁〈村行〉有這一句:「信馬悠悠野興長。」就是説詩人任由馬匹自由行走,在野外散步的興致極濃厚。

「信口」是指隨口亂説一通,成語「信口開河」就是形容人胡亂説話,猶如滔滔江水,卻是毫無根據。

「信步」就是指漫無目的地任意行走。《西遊記》第三十六回説:「師徒們玩着山景,信步行時,早不覺紅輪西墜。」只有漫無目的地信步亂走,才會快樂不知時日過,不覺時光流逝。

其實這間銀行跟圖中的直幡只是一街之隔,加上有箭嘴提示,相信一條直路就可以到達,因此筆者想不通,為甚麼銀行要客戶信步亂走。最有可能的原因,就是製作直幡的人寫了同音的別字「信步」,而正字應該是「迅步」。

迅,就是快。如果將「信步」改回作「迅步」,那麼就合理得多了:銀行不是想客戶速速光臨,辦理開戶手續嗎?

# 文字辨析

### 133 清幽 ✅ 清優 ❌

例句　❶ 這座寺院附近的環境清幽，是靜修的好地方。
　　　❷「法治」和「自由」是香港得以屹立於世的優勢。

辨析　「幽」從「糸」部，與絲綢有關，本義是「幼細」，後來引申
　　　為「隱匿」、「偏遠」，「清幽」就是「清新寧靜」的意思。
　　　「優」的本義是「充足」，後來引申為「優秀」，與「寧靜」
　　　並沒有關係。

### 134 畫出素描 ✅ 畫出掃描 ❌

例句　❶ 梵高說過：「我想畫出觸動人心的素描。」
　　　❷ 只要用手機掃描二維碼，你就可以收看相關短片。

辨析　「素」的本義是白色的絲織品，後來引申為「白色」、「平
　　　時」。「素描」就是指用單一顏色（一般是黑色）來描繪事物。
　　　「掃」的其中一個字義是「掠過」，「掃描」就是指利用電子
　　　裝置，掠過圖像文字，從而展示有關資料。

### 135 既往不咎 ✅ 既往不究 ❌

例句　❶ 既然你肯認錯，我們就既往不咎了。
　　　❷ 既然你肯認錯，我們就不再追究了。

辨析　「既往不咎」出自《論語》。孔子的學生宰予錯誤地向魯哀公
　　　解釋用栗樹樹幹來興建土地廟的原意，可是孔子認為話已經
　　　說了出口，就不打算怪責宰予，於是說：「既往不咎。」「咎」
　　　就是解作「怪罪」。
　　　「究」有「追究」之意，而且跟「怪罪」的意思很接近，因
　　　此不少人將「既往不『咎』」誤寫作「既往不『究』」。

## 136 循環 ✅ 巡環 ❌

例句　❶ 慢跑可以促進血液循環，有利於健康。
　　　❷ 校長正在巡視各班的上課情況。

辨析　「循」從「彳」部，本指「順着某方向走」，「循環」是指「事物順着周而復始的路線運轉」，字義側重於「順着」。
　　　「巡」從「辵」部，本義就是「來往視察」，譬如「巡邏」，字義側重於「視察」。

## 137 惺惺相惜 ✅ 惺惺相識 ❌

例句　❶ 他們兩人言談投機，不免有些**惺惺相**惜的感覺。
　　　❷ 我們是一班已經**相**識了三十多年的老朋友。

辨析　「相惜」和「相識」都可以成詞。「惺惺相惜」是指性格、境遇相同的人互相愛護、支持，「惜」在這裏解作「愛惜」。
　　　「識」是指「認識」，「相識」就是「互相認識」。朋友一定是「相識」的，但不一定是「相惜」的知己。

## 138 元旦 ✅ 元誕 ❌

例句　❶ 大家都前往尖沙咀鐘樓倒數，迎接**元**旦的來臨。
　　　❷ 大家都前往尖沙咀鐘樓倒數，迎接**聖誕節**的來臨。

辨析　「旦」的本義是「日出」。「元旦」就是「第一個日出」，也就是新年第一天。
　　　「誕」的本義是「怪誕」，後來才指「誕生」，「聖誕」就是「聖人（耶穌）的誕生」，同樣道理，「孔誕」就是孔子的誕生，「佛誕」就是佛祖的誕生。

## 139　攜帶 ✅　　攜戴 ❌

例句　❶ 袖珍式收音機便於**攜帶**，使用方便。
　　　❷ 乘坐的士的乘客，必須**佩戴**安全帶。

辨析　「帶」的本義是「腰帶」。由於衣帶是依附着衣服的，因此「帶」又有「附帶」、「攜帶」之意。
　　　「戴」本指用頭部頂着事物，後來指「戴帽子」，再泛指把東西繫掛在頭、面、胸、臂等處。安全帶是繫掛在身體上的，因此必須用「佩戴」。

## 140　不知所終 ✅　　不知所蹤 ❌

例句　❶ 他拋開一切，到深山修道去了，最後更**不知所終**。
　　　❷ 到目前為止，人們還沒有發現華南虎的**蹤跡**。

辨析　「終」從「糸」部，與「絲綢」有關，本義是繩子末端的結，後來引申為「最後」、「結局」。「不知所終」意指「不知道下落和結果」。
　　　「蹤」從「足」部，與雙腳有關，本義就是「足跡」。雖然「不知所終」牽涉到人的「行蹤」，可是所強調的是「結局」，因此只能寫作「不知所終」。

## 141　湧起 ✅　　擁起 ❌

例句　❶ 平靜的海面突然刮起了狂風，**湧起**了巨浪。
　　　❷ 進入這片森林，就有一種**擁抱**大自然的感覺。

辨析　「湧」從「水」部，本義是指水向上冒起。
　　　「擁」從「手」部，意指「用手抱起」，後引申出「擁有」、「簇擁」、「擁護」等字義。句子所描寫的是巨浪，因此必須用「湧」。

## 142　趾高氣揚 ✅　　指高氣揚 ❌

例句　❶ 有人給他撐腰，他自然變得**趾高氣揚**，目中無人。
　　　❷ 他直言不諱地**指出**了我的缺點。

辨析　「趾」從「足」部，既指腳掌，也指腳趾。「趾高氣揚」是指走路時腳抬得很高，十分神氣，可知「趾」在這裏是指「腳掌」。
　　　「指」從「手」部，本義是「手指」，後來引申為用手指「指向」某事物。


## 143　罔顧 ✅　　妄顧 ❌

例句　❶ 他**罔顧**道義，出賣朋友，實在不可原諒！
　　　❷ 我們還不清楚具體情況，不要**輕舉妄動**。

辨析　「罔」從「网」部，是「網」的最初寫法，本指捕捉鳥、魚的網；後來借用為虛詞，表示「不」。「罔顧」就是「不顧」、「沒有顧念」。
　　　「妄」本來指「虛妄」、「胡亂」，譬如「輕舉妄動」就是指「胡亂行動」。


## 144　造紙 ✅　　做紙 ❌

例句　❶ 火藥、**造紙**術、印刷術、指南針是中國四大發明。
　　　❷ 爺爺獨居在家，每天都要親自**做飯**。

辨析　「造」和「做」都有「製作」的意思，很容易混淆。根據《説文解字》，「造」也寫作「艁」，意指「造船」，因此「造」一般牽涉到較繁複的程序，譬如：造紙、造船、建造大廈。
　　　至於「做」從「人」部，一般指以人手製作事物，所牽涉的工序也相對少、簡單，譬如：做飯、做衣服。

# 13 「凌」晨與「零」時

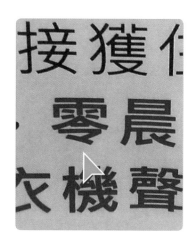

誤 零晨　正 凌晨

　　筆者居住的大廈，最近張貼了一張通告，說有個別住戶在深夜時分依然使用洗衣機，其噪音影響了附近住戶。通告上「零晨」的「零」是別字，正確的寫法是「凌」。

　　「凌」屬「冫」部，本指被人鑿出來的冰塊。後來被借用來表示「跨越」、「凌駕」、「欺凌」、「迫近」等字義。「凌晨」就是指靠近（凌）日出（晨）的時段，那麼具體時間是幾點鐘呢？

早在周代，古人就將一天分為十二時辰，即：子時、丑時、寅時、卯時等。漢代則用不同詞語來稱呼這十二時辰，當中「平旦」是指太陽剛剛在地平綫上出現，時間相當於古代的「寅時」、二十四小時制的三點到五點。因此，我們會説「凌晨三點」、「凌晨四點」，但不可以説「凌晨五點」，因為這時已經日出，要用上表示天剛亮的「清晨」，故此要説「清晨五點」、「清晨六點」。

那麼晚上其他時段，又有甚麼特別的叫法？晚上七點至九點，稱為「黃昏」，因為太陽剛落下，天色半黃不黑；晚上九點至十一點，稱為「人定」，因為人開始靜下來，就寢休息；晚上十一點到翌日一點，稱為「夜半」，顧名思義，就是夜晚的正中間時段；至於一點到三點，則稱為「雞鳴」，皆因公雞在這時開始啼叫。

此外，古人還會通過「打更（讀【耕】）」制度來報時。人們把晚上分為五個時段：從戌時（黃昏七點）開始，每個時辰（兩小時）為一更，合共初更、二更、三更、四更、五更，到清晨五點結束。打更人員會通過敲打更鼓、銅鑼等，向居民報時，並提醒他們防火防盜。打更制度早已沒落，可是對於負責管理大廈治安的人員，我們會稱之為「看更」，這正是從「打更」一詞演變而來的。

言歸正傳。隨着夜生活越來越豐富，「凌晨」一詞所指的時間範圍，已經提早到從夜半十二點（零時）開始，因此我們會説「凌晨一點」、「凌晨兩點」。每逢元旦，我們更會聽到「ＸＸ年首個男嬰在凌晨零時零一分出生」之類的新聞。大抵因為零時（午夜十二點）已經納入「凌晨」之內，大廈看更一時混淆這兩個同音字，於是將「凌晨」誤寫為「零晨」了。

# 文字辨析

## 145 必須 ✅　必需 ❌

例句　❶ 新聞報道**必須**真確無誤，不許有半點虛假。
　　　❷ 植物生長**需**要陽光、水分和空氣。

辨析　「須」屬「頁」部，「彡」像鬍鬚的樣子，本義就是「鬍鬚」，
　　　是「鬚」的最初寫法。「須」後來被假借為副詞，表示「必
　　　須」，後面一般是動詞或形容詞，譬如「必須遵守」或「必
　　　須真實」。
　　　「需」屬「雨」部，多用作動詞，表示「需要」，後面一般是
　　　名詞，譬如「需要陽光」。

## 146 開源節流 ✅　開源截流 ❌

例句　❶ 經濟不景，許多公司都採取**開源節流**的措施。
　　　❷ 這座堤壩具備**截流**的作用，能避免洪水湧向下游。

辨析　「節」和「截」的讀音稍有不同，前者讀【zit3】，後者讀
　　　【zit6】。「截」多解作「截斷」、「攔截」，「截流」就是指「堵
　　　截流水」。
　　　「節」本指竹子分段的地方，後來指「節日」、「節氣」、「節
　　　拍」、「氣節」等，也有「節約」的意思，因此「節流」就是
　　　指「減省開支」。

## 147 套現 ✅　吐現 ❌

例句　❶ 樓價攀升，不少人都出售單位來**套現**獲利。
　　　❷ 輪船在大浪中航行，很多乘客因而**嘔吐**不止。

辨析　「套」可以用作動詞，解作「獲取」，「套現」就是獲得現金。
　　　「吐」屬「口」部，解作「嘔吐」。除非提款機失靈，否則不
　　　會無故「吐現」——吐出現金。

## 148　清脆 ✅　　清翠 ❌

**例句**　❶ 清晨，山林裏傳來一陣陣**清脆**的鳥鳴聲。

　　　　❷ 雨後的垂柳顯得格外**青翠**。

**辨析**　「脆」本來寫作「脃」，指的是皮膚（肉）上的嫩毛（毳）。嫩毛易斷，因此「脆」後來指「容易破碎」。「清脆」起初指打碎器物時所發出的響亮聲音，後泛指一切響亮的聲音。

　　　　「翠」屬「羽」部，本義是羽毛為青綠色的雀鳥，後來引申為青綠色。「青翠」就是指鮮綠的顏色。

## 149　發人深省 ✅　　發人深醒 ❌

**例句**　❶ 老師的這番話，語重心長，**發人深省**。

　　　　❷ 他**一覺醒來**，發現房子裏只剩下他一個人。

**辨析**　「省」是多音字，讀【saang2】時，解作「省分」、「節省」；讀【sing2】時，解作「視察」、「反省」，「發人深省」就是指啟發他人作深切的反省。

　　　　「醒」也讀【sing2】，本義指「酒醒」，後來指「清醒」、「睡醒」、「覺醒」等，與「反省」無關。

## 150　瑰麗 ✅　　貴麗 ❌

**例句**　❶ 維港上空煙花不停綻放，**瑰麗**奪目。

　　　　❷ 他那捨己為人的**高貴**品格值得我們學習。

**辨析**　「瑰」屬「玉」部，本指一種美玉，後來從「美」的角度出發，引申出「瑰麗」的意思。

　　　　「貴」屬「貝」部，與金錢有關，指價格不低，也就是「昂貴」；後來引申出「高貴」之意，指人的身份、品德很高。

## 151　辜負 ✅　　辜付 ❌

例句　❶ 我一定要努力學習，不**辜負**老師的教導。
　　　❷ 用手機來**支付**款項，已經是大勢所趨。

辨析　「負」最初是描繪一個人背着重物的樣子，本義就是「背着重物」，後來引申出「承擔」、「違背」、「戰敗」等字義。「辜負」就是指「違背別人的好意」。
　　　「付」的金文寫法，是一隻手（寸）向着一個人，本義就是「給予他人」。「支付」就是「交出款項」。

## 152　承擔 ✅　　成擔 ❌

例句　❶ 他與這件事毫無關係，不必**承擔**責任。
　　　❷ 當天的工作要當天**完成**，不容拖延。

辨析　「承」的甲骨文寫法，像兩手抬起一個人，本義就是「抬起」、「捧起」。把人抬起，需要承受其重量，由此引申出「承受」、「擔起」的新字義。
　　　「成」的甲骨文字形由「戌」和「口」組成，表示用武器（戌）守衞城邑（口），後解作「變為」、「完成」、「完整」等。

## 153　各適其適 ✅　　各適其式 ❌

例句　❶ 我校有數十個不同的學會，同學可以**各適其**適。
　　　❷ 了解別人最好的**方式**，就是細心傾聽。

辨析　「適」屬「辵」部，本指「前往」，後來又解作「適合」等。「各適其適」是指各人去（前一個「適」）做他們感到適合的事情（後一個「適」）。
　　　「式」解作「方式」，與「適合」無關。有人把「其適」誤解為「自己的方式」，這是錯誤的。

## 154　面如菜色 ✅　面如菜式 ❌

例句　❶ 這個小孩長期營養不良，**面如菜**色。

　　　❷ 白切雞是十分著名的廣東**菜**式。

辨析　「色」是「抑」的最初寫法，後來才解作「臉色」、「顏色」。「菜色」既指蔬菜的顏色，也指因營養不良而導致的青黃臉色。

　　　除了「方式」，「式」也解作「款式」，「菜式」就是指「餸菜的款式」。

## 155　成績突出 ✅　成績凸出 ❌

例句　❶ 志華各科成績都很好，中文科尤其**突**出。

　　　❷ 她十分瘦弱，顴骨凸出，手臂細小。

辨析　《説文解字》説：「突，犬从（從）穴中暫出也。」「突」的本義就是「突然」，後來借指水準或表現超出一般程度。「突出」一般用於抽象的事物。

　　　「凸」的本義是指物體高於周圍，因此「凸出」一般用於具體的物件，譬如：土丘、顴骨等。

## 156　尊敬 ✅　專敬 ❌

例句　❶ 老師應該愛護學生，學生應該尊**敬**老師。

　　　❷ 大學的助學金是**專**門用來資助貧困學生的。

辨析　「尊」屬「寸」部，「寸」與手部有關。「尊」的甲骨文字形好像兩隻手放置酒器的樣子，因此本義是「放置」，後來指「酒器」，也可解作「尊敬」。

　　　「專」屬「寸」部，上面的部件像織布用的紡輪，本義是指用手轉動紡輪，是「轉」的最初寫法。「專」後來才解作「專門」、「專心」、「專長」等。

## 14 「後」與「后」的美麗誤會

誤 皇後　　正 皇后

　　這是一家美容院門外的海報。海報上的「后」字之所以被誤寫成「後」，估計是因為製作海報的人先用簡化字起草，然後用軟件將海報上的文字轉為繁體字。然而，軟件只認得「后」是「後」的簡化字，卻不知「皇後」不能成詞，因而機械式地把「后」誤轉為「後」了。

　　在內地，「后」是「後」的簡化字。可是在繁體字世界裏，從古到今，它們都是兩個獨立的文字，而且字義完全不同。

先說「後」。甲骨文的寫法是「」，上半部分是「幺」，是一條繩子；下半部分是「夂」，像一隻腳。它描繪了腳部被繩子捆綁着（見右圖），不能順利前行，因而落後，故此「後」的本義就是「落後」。自金文開始，人們在旁邊加上部首「彳」，來強調走路時落後於人。因為落後於人，才會走在別人的「後面」，「後」因而引申出新字義——後面。

至於「后」，有學者認為它來自「司」字。「」和「」都是「司」的甲骨文寫法，只是左右對調而已。兩種寫法都由「手」和「口」組成，有說是指用手罩着嘴巴，命令下人做事；也有人說是用手分配食物，是族中首領的工作。無論是哪一個解釋，「司」都有「主管」、「主宰」之意。直到春秋時代，手朝向右邊的「司」（）慢慢演變為「后」，並被賦予新意思——君主；後來再引申出新字義——君主的妻子，譬如「王后」、「皇后」等等。

「後」、「后」字義完全不同，只是因為讀音相同，故此有人將「后」作為「後」的簡化字。「後」固然可以簡化為「后」，可是「后」不能直接繁化為「後」。這讓筆者想起元朗西北部對開的一個海灣——后海灣。「后海灣」是香港的叫法，內地稱之為「深圳灣」。「后海灣」與「君主」、「皇后」毫無關係，它的原名是「後海灣」，與深圳的「前海灣」對應，只是昔日寶安縣居民將「後」寫作俗字「后」，後來約定俗成，最終連官方名稱也被迫寫作「后海灣」。這真是一個美麗的誤會。

# 文字辨析

## 157 引用名言 ✅ 引用明言 ❌

例句 ❶ 這篇作文引用了不少歷史人物的名言。

❷ 許多氣象學家都明言全球暖化將越來越嚴重。

辨析 「名」的本義是「説出自己的名字」,後來解作「名字」、「著名」。「名言」就是「著名的言論」。

「明」的本義解作「天明」或「明亮」,後來引申為「明白」、「清楚」,「明言」就是「清楚地説」。

## 158 翻新醫院 ✅ 翻身醫院 ❌

例句 ❶ 政府打算斥資翻新各區老舊的醫院。

❷ 這是他在事業上翻身的好機會。

辨析 「新」的部首「斤」是一把斧頭,本義就是「用斧頭砍木,取得柴枝」,後來借用為「新舊」的「新」。「翻」可以解作「改變」,「翻新」就是「變新」。

「身」本來指「肚子」,後來泛指「身體」。「翻」可以解作「反轉」,「翻身」就是指「翻轉身體」,後來比喻時來運轉,從困境變為順境。

## 159 再次 ✅ 在次 ❌

例句 ❶ 社工跟我約定,下星期再次見面。

❷ 俗語説「人無完人」,完美無缺的人是不存在的。

辨析 「再」讀【zoi3】,「在」讀【zoi6】,讀音接近。

「再」的本義是「再次」,也就是「又一次」、「第二次」。

「在」的本義是「存在」,意思與「消失」相對。

## 160 躬親 ✅　恭親 ❌

例句　❶ 他對別人做的事總是不放心，因此事必躬親。
　　　❷ 董事長德高望重，公司上下都對他恭敬有加。

辨析　「躬」屬「身」部，本義解作「身體」，後來引申為「自身」，再引申出「親自」等新字義。「躬親」就是指「親自去做」。「恭」的部首是「心」，本義就是「恭敬」。「恭敬」就是解作對別人謙恭、尊敬。

## 161 發號施令 ✅　發號司令 ❌

例句　❶ 士兵全都準備就緒，等待將軍發號施令。
　　　❷ 他是海陸空三軍總司令，官階極高。

辨析　「施」本來指旗子搖曳的樣子。搖動旗子代表「發放訊號」，「施」由此引申出新字義「發佈」。「發號施令」就是指宣佈、發放命令。
　　　「司」的本義是「掌管」、「主宰」，「司令」就是掌管發佈命令的軍官。

## 162 內宄 ✅　內鬼 ❌

例句　❶ 大將軍終於捉拿了軍中的內宄。
　　　❷ 大家可以不相信鬼神，卻不可以侮辱別人的信仰。

辨析　「宄」讀【鬼】，本義是「內奸」。外來的賊人是「盜」；所謂的「家賊」，就是「宄」。
　　　「鬼」是指「鬼魂」、「靈魂」，與「內奸」沒有關聯，因此「內宄」不宜寫作「內鬼」。

## 163　隨風飄蕩 ✅　隨風漂蕩 ❌

例句　❶ 朵朵白雲隨風**飄**蕩，好不自由。
　　　❷ 那片黃葉跌入小河裏，隨水**漂**流。

辨析　「飄」屬「風」部，本義是「旋風」，後來解作「隨風搖曳」、
　　　「隨風吹送」，都跟「風」有關。
　　　「漂」屬「水」部，本義是「浮起」，一般用於水上，後來解
　　　作「漂泊」，比喻居無定所，猶如在水上漂流。「漂」也讀
　　　【票】，解作「漂染」、「漂亮」。


## 164　流血不止 ✅　流血不只 ❌

例句　❶ 如果傷口流血**不止**，便應馬上到急症室求醫。
　　　❷ 這次考試得滿分的**不只**他一個。

辨析　「止」的本義是「腳掌」，後來引申為「停止」。「不止」就
　　　是「不停」、「持續」。
　　　「只」屬「口」部，起初用作語氣助詞，後來被借用作副詞，
　　　表示「僅僅」。「不只」就是「不僅」、「不但」。


## 165　振動翅膀 ✅　震動翅膀 ❌

例句　❶ 小鳥**振**動一下翅膀，就飛離鳥巢了。
　　　❷ 火車駛經路軌接駁處時，總會出現輕微**震**動。

辨析　「振」屬「手」部，一般解作「整頓」、「舉起」、「振作」。「振
　　　動」指用手來抖動事物。
　　　「震」屬「雨」部，一般解作「憤怒」、「懼怕」、「驚動」。「震
　　　動」強調事物自身的抖動，也可以用來表示震撼人心。

## 166　比薩斜塔 ✅　　比薩邪塔 ❌

例句　❶ **比薩斜塔**是意大利比薩大教堂的鐘樓。

❷ 貪念是一切**邪**惡的罪魁禍首。

辨析　「斜」本來指織布用的梭子,現在多表示「歪斜」。「比薩大
教堂鐘樓」在工程開始後不久便開始傾側,因此又稱為「比
薩『斜』塔」。

「邪」屬「邑」部,讀【爺】,本來用作地名,又用作語氣詞,
與「耶」相通;又讀【斜】,解作「邪惡」。

## 167　事情複雜 ✅　　事情複習 ❌

例句　❶ 這件事很**複雜**,不是三言兩語能説清楚的。

❷ 定時**複習**課本,可以幫助我們鞏固已學知識。

辨析　「雜」起初由「衣」和「集」組成,表示衣服的各種色彩互
相配合,後引申出「混雜」、「紊亂」、「複雜」等詞義。

「習」的本義是「曝曬」,後來借用來表示「學習」,「複習」
就是再次(複)溫習。

## 168　發憤 ✅　　發奮 ❌

例句　❶ 他自知浪費了許多光陰,因此決定**發憤**讀書。

❷ 只要我們**奮發**圖強,那麼任何事情都能做好!

辨析　「憤」的本義是「鬱悶」,後來解作「憤怒」。「發憤」是指
自覺不滿足,感到鬱悶,因此努力去做。

「奮」本來指雀鳥振動翅膀,後來指人的振作。「奮發」強調
振作精神,使情緒高昂。「發奮」這詞語本來是沒有的,只
是因為讀音相同,而與「發憤」混淆。

# 「字」測加油站（三）

選出括號裏適當的文字，把答案圈起來。

1. 這兒環境（幽／優）靜，十分適合居住。

2. 喜（雀／鵲）在傳統文化中象徵着喜慶。

3. 婆婆從小教導我和哥哥要（專／尊）師重道。

4. 腳（趾／指）可以幫助我們站立時保持平衡。

5. 學習樂器要按（步／部）就班，別想一步登天。

6. 春天來了，遠處的山峯都顯得十分（翠／脆）綠。

7. 賊人在案發後逃逸，沒有人知道他的影（終／蹤）。

8. 婆婆出身貧苦，成就了她（克／刻）苦耐勞的性格。

9. 橫過馬路時必（須／需）注意安全，不可掉以輕心。

10. 他得到老闆的賞（識／惜），在事業上一直平步青雲。

11. （斜／邪）不能勝正，這班黑幫分子遲早會被繩之以法。

12. 電磁爐比起（名／明）火煮食安全得多，卻少了一份鑊氣。

13. 老師（再／在）三提醒我們，明天的數學測驗要帶備圓規。

14. 這件事太複（雜／習）了，一時三刻不能把來龍去脈告訴你。

15. 弟弟只有五歲，絕對合（符／乎）兒童繪畫比賽的參賽資格。

下列各句都有一個別字，請把它圈起來，並在橫線上改正。

16. 這家酒樓在門外貼出了結業啟示。 ＿＿＿＿＿＿

17. 下星期就是元誕了，你打算怎樣慶祝？ ＿＿＿＿＿＿

18. 年三十晚的年宵市場擠湧得令人卻步。 ＿＿＿＿＿＿

19. 正確佩帶口罩可以減低病菌散播的機會。 ＿＿＿＿＿＿

20. 他決定引疚辭職，為事件負上全部責任。 ＿＿＿＿＿＿

21. 她為推展學前教育，鞠恭盡瘁，貢獻良多。 ＿＿＿＿＿＿

22. 不懂反醒的人永遠無法在錯誤中汲取教訓。 ＿＿＿＿＿＿

23. 保安員會定時在大廈循邏，保障住客安全。 ＿＿＿＿＿＿

24. 這本書心入淺出地解釋了全球暖化的成因。 ＿＿＿＿＿＿

25.「記敘六要掃」是記敘文中不可或缺的部分。 ＿＿＿＿＿＿

26. 古時的宰相世力十分大，大得足以左右朝政。 ＿＿＿＿＿＿

27. 朗頌的要訣是了解篇章內容，用豐富感情演繹出來。 ＿＿＿＿＿＿

28. 圖像記憶法，故名思義是用圖像來幫助記憶的方法。 ＿＿＿＿＿＿

29. 明輝為媽媽特意造了一個生日蛋糕，媽媽十分感動。 ＿＿＿＿＿＿

30. 內斂的妹妹難得向媽媽套露心事，讓媽媽十分欣慰。 ＿＿＿＿＿＿

# 第三部分

# 形音
# 俱近

# 15 「筍盤」有幾「筍」?

誤 荀盤　　正 筍盤

　　這是地產舖的櫥窗，上面張貼了多張「筍盤」海報……咦?好像寫了別字呢!

　　「荀」，屬「艸」部，讀【徇 seon1】，本指一種野草，後來被借用作姓氏，譬如戰國時代儒家代表人物荀子，就是姓「荀」;東漢末年尚書令荀彧(讀【旭 juk1】)，也是姓「荀」，更是荀子的後人。可是不論解作野草，還是用作姓氏，「荀」都跟樓盤沒有關係，正確寫法應該是「筍」。

　　「筍」讀【seon2】。由於「筍」、「荀」二字擁有相同的部件「旬」，而且讀音相近，因而經常被混淆。「荀盤」應該寫作「筍盤」，可是為甚

麼用「筍」字呢？

「筍」屬「竹」部，自然跟竹子有關，本義就是竹子的嫩芽。《說文解字》說：「筍，竹胎也。」句中的「胎」本來是指人類的胎兒，在這裏則比喻為剛形成的竹芽。根據生長季節，「筍」可以分為「冬筍」、「春筍」兩種，不論是哪一種，都一樣清脆爽口，一樣滋味鮮美，一樣營養豐富，可以說是極上的美食。因此，廣東人就用上「筍」字，來描述條件極為優越的事物：人人都想住的樓盤，叫做「筍盤」；人人都想做的工作，叫做「筍工」；人人都想有的物品，叫做「筍嘢」。

正因為竹芽與「好」有關，故此要表示事物極好的意思，就必須用上「竹花頭」的「筍」，而不是「草花頭」的「荀」。

還有一種說法。中國人一向認為凡事「順暢」就是好，「順風順水」就是一例。特別是賭徒，手風「順」就是贏錢的好兆頭，因此他們將「順」的讀音【seon6】變調，讀作【seon2】，表示手風極好，譬如「同花順」就是一般啤牌遊戲中點數最大的牌型。久而久之，人們就將「順」寫作「筍」，來表示極好的事物。

# 文字辨析

## 169 彈劾 ✅  彈核 ❌

例句　❶ 美國國會有權在充足理由的前提下**彈劾**總統。

　　　❷ 各國正為限制**核**子武器而努力。

辨析　「劾」屬「力」部，意指「檢舉不法行為」。「彈」讀【壇】時，也解作「檢舉」，「彈劾」就是指「對違法失職的政府官員提出控訴」。

　　　「核」起初讀【wat6】，本來指果核，後來讀【劾 hat6】，借指「事物的中心」，後來指「構成原子核的基本粒子」，也就是「核子」。

## 170 氣體 ✅  汽體 ❌

例句　❶ **氧氣**是人類賴以為生的**氣**體。

　　　❷ 汽車窗戶上有一層**水汽**。

辨析　「氣」屬「米」部，本義是「贈送給人的糧食」，後借來表示「空氣」、「雲氣」、「氣流」、「氣息」等，一般與水沒有關係。

　　　「汽」屬「水」部，故此與「水」有關，譬如「水汽」其實是指「水蒸氣」，「汽水」、「汽油」都跟液體有關，應該寫成「汽」。

## 171 融洽 ✅  融恰 ❌

例句　❶ 這間公司的員工相處得十分**融洽**。

　　　❷ 她來訪時，我們**恰**好外出了。

辨析　「洽」屬「水」部，本指「沾濕」，後來也解作「和諧」，也就是「融洽」。

　　　「恰」屬「心」部，本來解作「正確」，由此引申出「剛好」（不偏不倚）的意思，譬如副詞「恰好」。

## 172 渾渾噩噩 ✅　渾渾惡惡 ❌

例句　❶ 大部分人都只是**渾渾**噩噩地過日子。

　　　❷ **善**惡到頭終有報，只爭來早與來遲。

辨析　「噩」起初與「喪」相通，因此本義多與不祥、不幸有關，譬如「噩耗」，就是指不幸的消息，多用於親友過身。後來「噩」又可以解作「糊塗」。

　　　「惡」的本義是「罪過」，後引申出「不好」、「兇惡」等字義。其實「噩耗」、「噩夢」才是正確，因為是指不幸的消息、不幸的夢，到後來才與「惡」互通。


## 173 分佈 ✅　分怖 ❌

例句　❶ 啄木鳥有二十多個品種，**分**佈在全球各地。

　　　❷《午夜凶鈴》是我最喜歡看的**恐**怖片。

辨析　「佈」屬「人」部，有「遍及」、「宣告」、「安排」等字義，譬如「分佈」、「宣佈」、「佈置」等。在這些字義上，「佈」可以與「布」相通。

　　　「怖」從「心」部，與心情、情緒有關，「恐怖」就是指令人驚惶、害怕。


## 174 和藹 ✅　和靄 ❌

例句　❶ 她對每一個人都是如此**和**藹可親。

　　　❷ 夕陽西下，空中瀰漫着金黃色的**暮**靄。

辨析　「藹」屬「艸」部，本指「草木茂盛」，後來引申為「美好」、「和善」，「和藹」就是指性格和善。

　　　「靄」從「雨」部，與天文現象有關，所指的是「煙霧」、「雲氣」，「暮靄」就是「傍晚的雲霧」。

## 175　對弈 ✅　　對奕 ❌

例句　❶ 各國棋手在這場圍棋國際賽上**對**弈。
　　　❷ 他每天加班到夜深，可是樣子總是**精神**奕奕。

辨析　「弈」屬「廾」部。「廾」讀【拱】，像兩隻手拱起的樣子。
　　　「弈」是指「圍棋」或「下棋」，大概因為雙方用手下棋子，
　　　故此屬「廾」部。
　　　「奕」屬「大」部，本意就是「大」，後來引申為「美好」。「精
　　　神奕奕」就是「很有精神」的意思。

## 176　吉祥 ✅　　吉詳 ❌

例句　❶ 中國人認為龍和鳳都是**吉**祥的神獸。
　　　❷ 證人跟警方詳**細**地講述了案發的經過。

辨析　「祥」屬「示」部，跟「神靈」、「禍福」等有關。「羊」既是
　　　聲符，也是意符，因為「羊」在古代也有「美好」之意，故
　　　此「祥」的本義就是「吉祥」。
　　　「詳」屬「言」部，本義是「仔細審查」，後來引申出「詳細」、
　　　「穩重」等新字義。

## 177　天網恢恢 ✅　　天網詼詼 ❌

例句　❶ **天網**恢恢，他一定會受到法律制裁的。
　　　❷ 喝了幾杯酒，他就變成了**詼**諧有趣的人。

辨析　「恢」屬「心」部，本義是「寬廣」、「宏大」，大概是指心
　　　胸廣闊。「天網恢恢」意指法網雖然寬大稀疏，但絕不會縱
　　　容作惡的壞人。「恢」後來才解作「恢復」。
　　　「詼」屬「言」部，與「說話」有關，本義是「說話有趣」，
　　　「詼諧」即是指談話風趣、幽默。

## 178　悽慘 ✅　　淒慘 ❌

例句　❶ 觀眾為受訪者**悽**慘的命運而流淚。

❷ 自從祖母過身，爺爺便一直承受着晚年的**淒**涼和孤獨。

辨析　「悽」屬「心」部，與心情、情緒有關，本義是「悲痛」、「悲傷」。「悽慘」就是「悲傷慘痛」。

「淒」屬「水」部，本指帶雨的雲朵湧現，後來引申出「寒涼」的新字義。「淒涼」本來形容環境孤寂、冷清，後來解作「悲苦」，大抵因為這個原因，人們經常混淆「悽」、「淒」二字。

## 179　水漲船高 ✅　　水脹船高 ❌

例句　❶ 物價飛升，薪金卻不能做到「**水**漲**船高**」。

❷ 他似乎吃得太多了，所以腹部出現**脹**痛。

辨析　「涱」是「漲」的異體字，屬「水」部，「長」有着「變大」的意思，故此「漲」就是指「水位升高」。因此「水漲船高」的「漲」，偏旁必須是「氵」。

「脹」本指身體腫脹，因此從「肉」（月）部，後來泛指事物變大、膨脹。

## 180　盆地 ✅　　盤地 ❌

例句　❶ 新疆的吐魯番**盆**地是世界最低的**盆**地。

❷ 離開飯堂前，請大家把**托**盤放回適當的位置。

辨析　「盤」屬「皿」部，是一種淺腹的圓形盛水器，後來泛指盛物用的淺底器皿。

「盆」同屬「皿」部，是一種跟「盤」相似但內部較深的容器。

「盆地」是四周被高地圍繞，中間相對低緩的地形，故此用「盆」較為合適。

## 柑！全部都係柑！

**誤** 咸柑桔　　**正** 鹹柑桔

　　筆者絕對相信這款飲品的生產商不敢干犯《商品說明條例》，因此連產品名字也用上「柑桔」，證明是用柑桔製成。不過，中文名稱旁的英文譯名——Salted Mandarin Drink（鹽醃柑桔飲品），似乎與「『咸』柑桔」無關呢。

　　原來這裏出現了別字，「『咸』柑桔」應該寫作「『鹹』柑桔」，因為「鹹柑桔」主要是以鹽醃製的。「咸」和「鹹」是同音近形字，可是只有「鹹」才是解作像鹽一樣的味道，因為它的部首「鹵」（讀【老】），本身就是解作「鹽」。

「鹵」是個非常古老的字，「」是它的金文寫法。它的字形很有趣，中間的四點就是一粒粒的鹽，形象而生動。那麼外圍的部件「卤」又是甚麼？有說是一種叫做「卣」（讀【友】）的器具，這裏被用來盛載鹽粒。

「鹵」的本義是鹽，特別是指天然形成的鹽；如果是經過加工的，就叫做「鹽」。因此，「粗鹵」、「鹵莽」等詞語都用上「鹵」字，估計是因為人未經過教育，性格顯得粗率、直率，就像「鹵」一樣，未經人工提煉。

至於圖中的別字——「咸」，解作「全都」、「全部」，一般用作副詞，用來修飾形容詞、動詞。例如「老少咸宜」就是指電影、電視劇、書籍等，不論兒童還是長者，都（咸）適合（宜）觀看、閱讀。

我們常用「咸豐年嘅事」這句俗話，來表示很久之前發生的事情，當中「咸豐」是清文宗的年號。「咸」是全都，「豐」是豐盛，「咸豐」就是「普天之下，豐衣足食」，百姓全都過上太平日子，這是皇帝的願望。可惜清文宗在位（1851-1861）期間，南方發生了多件大事：「太平天國」起義、「天地會」起事、英法聯軍攻陷廣州、清廷割讓九龍半島予英國……真是事與願違了。

# 文字辨析

## 181 鍛煉 ✅ 鍛練 ❌

例句 ❶ 多年來，他都沒有**鍛煉**過身體。

❷ **練**習的次數越多，熟悉的程度就越高。

辨析 「煉」屬「火」部，本指將金屬加熱、熔化，使之更精純，後來引申為精益求精。「鍛」意指打鐵，亦與金屬有關。「鍛煉」合用，則多用於體能上。

「練」本指把絲織品煮熟，使之潔白、柔軟，故此屬「糸」部，後來解作「訓練」、「練習」。

## 182 臘腸 ✅ 蠟腸 ❌

例句 ❶ 冬天來了，不少人都會吃**臘腸**煲仔飯。

❷ 房間裏根本沒有陽光，我們要靠**蠟**燭來照明。

辨析 「臘」本來指冬天舉行的祭祀，由於祭祀時會用上醃製的肉類，因此「臘」後來指「臘肉」。「臘肉」是冬天醃製的肉類，因此「臘」屬「肉」部。

「蠟」的本義是動物、植物或礦物所產生的油質，特別是昆蟲，因此屬「虫」部。「蠟燭」就是用「蠟」製成的「燭」（火把）。

## 183 招徠 ✅ 招來 ❌

例句 ❶ 商店經常以優惠、贈送等方式**招徠**顧客。

❷ 過馬路前要看清路上**來**往的車輛。

辨析 「來」的本義是「麥」，後來被借用，解作「來往」的「來」，也就是「從其他地方移到這裏」。

「徠」也有「來」的意思，不過部首「彳」更強調步行，意指「招攬別人前來」，現在多用於商業活動，譬如「招徠」。

<u>184</u>　**虎視**<u>眈眈</u> ✅　　**虎視耽耽** ❌

例句　❶ 多少人一直在**虎視**眈眈地盯着這職位。
　　　❷ 他的病使他耽誤了一年學業。

辨析　「眈」屬「目」部，是指眼睛注視着。「虎視眈眈」是說像老
　　　虎一樣的注視着獵物或想要的東西。
　　　「耽」屬「耳」部，本來指耳朵大而下垂的樣子，後來被借
　　　用來表示「沉迷」、「延遲」。「耽誤」是指事物出現阻滯或
　　　受到阻延。

<u>185</u>　**帳**篷 ✅　　**帳蓬** ❌

例句　❶ 我們今晚要在營地的**帳**篷裏過夜。
　　　❷ 他那副蓬**頭垢面**的樣子，叫人退避三舍。

辨析　「篷」本指車、船上的遮蔽物，起初用竹片搭設而成，故此
　　　屬「竹」部。「帳篷」有「遮蔽」的功能，因此要寫作「篷」。
　　　「蓬」是一種草本植物，即是「蓬草」，因此屬「艸」部。由
　　　於蓬草容易散亂，因此「蓬」也指「散亂」。「蓬頭垢面」就
　　　是指頭髮散亂、面容骯髒的樣子。

<u>186</u>　**皺**紋 ✅　　**謅紋** ❌

例句　❶ 她的皺紋隨着年齡增長而加深。
　　　❷ 他總愛說一些文謅謅、別人聽不懂的話。

辨析　「皺」本來指皮膚因鬆弛而出現的摺紋，因此屬「皮」部，
　　　譬如「皺紋」就是指「皮膚上的摺紋」，特別用於臉龐、額
　　　頭，後來泛指任何物件上的摺痕。
　　　「謅」屬「言」部，與說話有關，本來解作「說謊」，讀【周】；
　　　而「謅謅」則形容舉止、談吐溫文儒雅，讀【咒】。

## 187　培育 ✓　陪育 ✗

例句　❶ 教師肩負着為社會**培育**人才的重任。
　　　❷ 孩子要在成人的**陪**同下，才可以使用升降機。

辨析　「培」是指給植物或牆壁的根基堆土，使之更穩固，因此屬
　　　「土」部，後引申出「增加」、「輔助」等字義。「培育」就是
　　　指培養、教育人才。
　　　「陪」的部首是「阜」，與土山有關，本義是指重疊的土堆，
　　　後來引申出「陪伴」、「伴隨」等字義。

## 188　貧瘠 ✓　貧脊 ✗

例句　❶ 這塊**貧瘠**的土地只能種出極少糧食。
　　　❷ 青藏高原素有「世界屋**脊**」的稱譽。

辨析　「脊」起初畫成一條魚脊骨的樣子，後來泛指人或動物的脊
　　　骨。脊骨是凸起的，因此「脊」泛指物體中間高起的部分，
　　　「屋脊」就是屋頂高起的地方。
　　　「瘠」本指瘦弱，故屬「疒」部。「瘦」有「缺少」的意思，
　　　故貧窮（財富少）、土地不肥沃（養分少）也可以用「瘠」
　　　來表示。

## 189　泥沙 ✓　泥砂 ✗

例句　❶ 水渠被**泥沙**堵塞，因而不能排水。
　　　❷ 用**砂**鍋盛載食物，可以給食物保溫，同時保留香氣。

辨析　「沙」的甲骨文寫法像佈滿在水邊的沙粒，本義就是「沙
　　　粒」，因此屬「水」部。
　　　「砂」屬「石」部，本義是細碎的石粒。「沙」和「砂」之別
　　　在於其粗幼大小，前者幼細，後者粗大。「砂鍋」用砂土製
　　　成，因此可以摸到凸起來的砂粒。

## 190　燦爛 ✅　　燦斕 ❌

例句　❶ **燦**爛的陽光傾瀉在明亮的水面上。
　　　❷ 他畫的油畫色彩**斑**斕，變化萬千。

辨析　「爛」屬「火」部，本來指將食物煮至熟透，因為與「火」
　　　有關，因此「爛」又指「光明」、「燦爛」。
　　　「斕」屬「文」部，「文」與「花紋」有關，故「斕」的本義
　　　是顏色多彩、錯雜。「爛」、「斕」之別，大抵前者強調「光
　　　亮」，後者強調「色彩」。


## 191　漫步 ✅　　謾步 ❌

例句　❶ 他們在田野上**漫步**，完全忘記了時間。
　　　❷ 他們動不動就發脾氣，互相謾**罵**。

辨析　「漫」屬「水」部，本來指水勢盛大、無邊無際，後來引申
　　　出「充滿」、「悠長」、「胡亂」等義。「漫步」就是指「隨意
　　　走走」。
　　　「謾」讀【蠻】時，意指「欺騙」；讀【慢】時，則解作「胡
　　　亂」，「謾罵」就是「肆意亂罵」，因為強調「說話」，因此「謾
　　　罵」只能寫作「謾」。


## 192　商榷 ✅　　商確 ❌

例句　❶ 我大致同意你的建議，但是有些小問題有待**商**榷。
　　　❷ 他仍然相信自己是正**確**的。

辨析　「確」屬「石」部，表示堅固、堅硬，後引申出「堅定」、「堅
　　　決」、「正確」、「準確」等字義。
　　　「榷」屬「木」部，本義是獨木橋，後來被借用來表示「專
　　　賣」、「討論」等意思。「商榷」就是指「商量」、「討論」。

## 17 「榨」菜非油「炸」

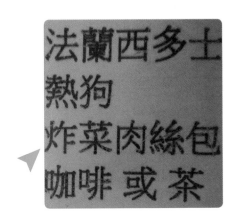

誤 炸菜　正 榨菜

　　某天，筆者到茶餐廳吃下午茶，餐廳裏的餐牌竟寫上「『炸』菜肉絲包」！這裏不是日式餐廳，為甚麼要把蔬菜炸成天婦羅呢？原來餐牌上的「炸」是別字，應該寫作同音字「榨」。這是因為榨菜不是高溫油「炸」的食品，而是經壓「榨」而成的醃菜。

　　「榨」本來是指一種能夠把植物裏的汁液壓出來的器具。由於這種器具是用木材製造的，因此屬「木」部。《廣韻》說：「榨，打油具也。」句中的「打油」就是指把油壓榨出來。後來，「榨」從器具引申為動作，表示把植物裏的汁液壓榨出來。要製作榨菜，就必先要把蔬菜裏的汁液壓榨出來。那麼，榨菜到底是怎樣「榨」出來的呢？

榨菜起源於重慶的涪（讀【浮】）陵，是由菜頭經高壓壓榨製成的。人們起初利用壓豆腐用的箱子，後來改用多種踩壓方式，來把菜頭裏多餘的水分壓榨出來，使榨菜達至爽口的效果，因而得名「榨」菜。

1898 年，鄧炳成離開家鄉四川資中，到了涪陵商人邱壽安的家中打工。鄧炳成仿照家鄉的做法，用菜頭製作醃菜，味道很好。他所用的「菜頭」，其實是「葉用芥菜」底部的瘤莖部分。除了瘤莖部分，這種「葉用芥菜」的其他部位也可以製成醃菜，譬如「雪菜」就是用它的莖部和葉子醃製而成的（見〈「裏」在中，「裏」在外〉）。

後來，邱壽安將這種醃菜改良──加入了榨壓程序，藉此除去當中的鹽水，繼而混入香料，裝入陶壇裏密封存放。邱壽安把這壇醃菜送給在湖北開醬園店的弟弟邱漢章。邱漢章在一次宴會上，將兄長送來的醃菜讓客人品嘗，客人覺得這種醃菜風味獨特，其他醃菜無法比擬，因而爭相訂貨。

翌年，邱壽安擴大生產規模，並根據「壓榨」這道工序，將這種醃菜命名為「榨菜」。自此，「榨菜」就正式誕生，並陪伴中國人達兩個甲子之久。製作榨菜的傳統技藝，更成為國家級非物質文化遺產呢！

# 文字辨析

## 193　性格 ✅　　姓格 ❌

例句　❶ 他們雖然是孿生兄弟，可是**性**格卻是完全相反。
❷ 「愛新覺羅」是滿清的**國姓**，意指「黃金」。

辨析　「性」屬「心」部，本義就是指人的「心性」或「本性」，後
來引申出「性格」、「性能」、「性別」等新字義。「性格」就
是指人的獨特個性。
「姓」就是「姓氏」。有學者認為遠古是母系社會，因此當時
的人創立姓氏時，多用「女」部的文字，就連「姓」本身也
是屬「女」部。

## 194　純粹 ✅　　純萃 ❌

例句　❶ 他也寫過**純粹**為了糊口的文字作品。
❷ 他的音樂才華**出類拔萃**，因而獲得了獎學金。

辨析　「粹」讀【睡】，屬「米」部，本指沒有雜質的米，後來引
申指「純淨」。「純粹」本指沒有雜質，後來也指「單純」、
「完全」。
「萃」同讀【睡】，屬「艸」部，本指草木茂盛，後來解作「同
類」。「拔萃」就是指比同類優勝。

## 195　叮囑 ✅　　叮矚 ❌

例句　❶ 爸爸再三**叮**囑我，遇到陌生人時要提高警覺。
❷ 奧運會可以說是舉世**矚目**的體壇盛事。

辨析　「囑」讀【祝】，意指「叮嚀」、「託付」，由於是用「口」說
出來的，因此屬「口」部。
「矚」同讀【祝】，意指「注視」，由於與「眼睛」有關，因
此屬「目」部。

## 196　關注 ✅　關註 ❌

例句　❶ 這件事一經報道，馬上得到公眾的**關**注。
　　　❷ 收到取錄通知書的學生，請儘快到本校**註**冊。

辨析　「注」屬「水」部，本義是指將水從一個器皿注入另一個器
　　　皿裏，後來引申出「集中」這個新字義，「注視」和「關注」
　　　即是分別指眼和心集中到某事物上。
　　　「註」屬「言」部，本義是「登記」，與文字有關，「註冊」
　　　就是把名字登記在名冊上。「註」也有「解釋」之意，在這
　　　個字義上，是與「注」相通的。

## 197　辯論 ✅　辨論 ❌

例句　❶ 他一跟別人**辯**論起來，就會顯得十分激動。
　　　❷ 能夠**辨**別益友和損友是非常重要的。

辨析　「辯」，本義是「爭辯」、「辯論」。由於辯論是需要開口發言
　　　的，因此屬「言」部。
　　　「辨」屬「刀」部。「刀」能夠把物件切開，因此屬「刀」部
　　　的字，多帶有「切開」、「分開」的意思。「辨」的本義即是
　　　「切開」，後來引申為「辨別」。

## 198　危殆 ✅　危怠 ❌

例句　❶ 該建築工人被鐵枝插中胸部，情況**危**殆。
　　　❷ 我們對來賓要熱情接待，千萬不能**怠**慢。

辨析　「殆」讀【toi5】，屬「歹」部。「歹」本來指「殘骨」，多與
　　　死亡、不好的事有關。「殆」的本義就是指「危險」、「危殆」。
　　　「怠」同讀【toi5】，意指「懶惰」、「懈怠」。懶惰是人的心
　　　理狀態，因此屬「心」部。「怠慢」是指款待客人不周到。

## 199  範疇 ✅  範籌 ❌

例句　❶ 他所説的話題，都離不開文學的**範疇**。

　　　❷ 他的能力比同儕**更勝一籌**，因此被擢升為主任。

辨析　「疇」屬「田」部，本指「田地」，後來指田地的疆界。因為田界把田地劃分成一塊一塊，因此再引申出新字義——範圍。「範疇」即是解作「領域」。

　　　「籌」屬「竹」部，本指投壺遊戲中的箭，後來指計算用的「算籌」，因而引申出「計算」之意。「更勝一籌」就是比別人優勝「一等」，帶有計算的意味。


## 200  彩虹 ✅  彩紅 ❌

例句　❶ 驟雨過後，天空中出現了雙**彩虹**，壯觀極了！

　　　❷ **紅色**，在東方一般象徵喜慶，在西方卻表示危險。

辨析　「虹」是自然現象，它之所以屬「虫」（讀【毀】）部，是因為古人認為「虹」是像「蟲」一樣的怪物。

　　　「紅」本來指淺赤色的絲織品，因此屬「糸」部，後來才泛指各種紅色。


## 201  綵排 ✅  彩排 ❌

例句　❶ 人生是沒有**綵排**的，只有一次過的演出。

　　　❷ 這幅畫色**彩**鮮明，可是佈局卻有點雜亂。

辨析　「綵」屬「糸」部，本指一種五彩的絲織品，後指絲織裝飾品，譬如「結綵」是指掛上絲織裝飾品。「綵排」意指「為演出作準備」，大抵有掛上裝飾品的意味。

　　　「彩」屬「彡」部，本指「文采」，後來才解作「色彩」、「光彩」。

## 202 　導演 ✅　　道演 ❌

例句　❶ 楚原先生是香港導演界的老前輩。

❷ 各家報紙都報道了這個鮮為人知的故事。

辨析　「導」屬「寸」部，「寸」多與手部有關。「導」的本義是「引導」，後來引申為「指導」。「導演」就是電影中「引導」拍攝工作的人。

「道」的本義是「道路」，後來又解作「說」。「報道」就是「訴說」，昔日寫作「報導」，卻帶有「引導」觀眾的主觀成分，因此後來改作「報道」。

## 203 　液體 ✅　　腋體 ❌

例句　❶「水」是一種透明的液體。

❷「腋探」是指將體溫計夾在腋下，來量度體溫。

辨析　「液」就是「流動的物質」，古人一般指「水」，因此屬「水」部。

「腋」的本義是人的胳肢窩，是人體的一部分，因此屬「肉」部。

## 204 　壟斷 ✅　　隴斷 ❌

例句　❶ 這兩家連鎖超市幾乎壟斷了整個超市業市場。

❷ 他們得隴望蜀，我們無法滿足他們的無窮慾望。

辨析　「壟」屬「土」部，本指高起的墳墓，後來指農田的疆界。由於圈佔田界可以標示自己的利益，因而衍生出新詞語——壟斷，表示操控市場，獨佔利益。

「隴」屬「阜」部。「阜」是指土山，「隴」就是「隴山」，在陝西省和甘肅省交界。「得隴望蜀」是指得到了隴山，又想指望蜀地，比喻人貪得無厭。

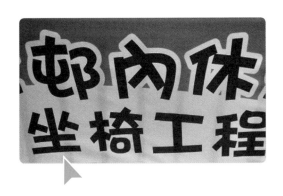

誤 坐椅　　正 座椅

　　圖中是某屋邨互委會所製作的橫額,當中「坐椅」是別字,應當寫作「座椅」。大家都知道「坐」一般用作動詞,「座」則是名詞,那麼「坐」和「座」這兩字的演變和分野,又是怎樣的?

　　「坐」字今天的寫法,是從「土」和兩個「人」,很多人都望文生義地認為:人坐在地上(土),不就是「坐」的意思嗎?事實上並不是這樣。那麼古人是怎樣「坐」的?

　　最初,「坐」是指跪在地上。「𡊳」是「坐」的甲骨文寫法,正是描繪了一個人跪在墊子上。跪,才是古代正宗的「坐」法,因此又稱為「跪坐」(見右圖)。古代平民直接跪在地上,

貴族就加一塊墊子，這個習俗到東漢依然存在。東漢末年，管寧與華歆割席斷交，就是例證。

直到晉朝，中原才從北方塞外引入「胡牀」（見左圖）。胡牀是一種可摺疊的輕便坐具，類似今天的摺凳，用法和今天的椅子一樣。這比起長期跪在墊子上，真的舒服得多。

胡牀後來又演變為沒有靠背和扶手的「凳」，以及有靠背和扶手的「椅」。自此，中原人不用再跪在席子上那麼辛苦，而是可以舒舒服服地「坐」在椅子、凳子上了。

「坐」也可以作名詞用，表示席子。《三國志‧王粲傳》說：「賓客盈坐。」意指嘉賓都坐滿了席子。要到漢代之後，人們才在「坐」的上面，加上部首「广」（讀【掩 jim2】，泛指建築或器具），創造出新文字——「座」，表示席子、凳子、椅子。

從此，「坐」與「座」兩字逐漸分家，前者用作動詞，如「安坐」、「盤坐」、「靜坐」等；後者則用作名詞，如「座位」、「座席」、「座椅」，而不是圖中的「『坐』椅」呢！

# 文字辨析

## 205 自詡 ✅ 自栩 ❌

例句　❶ 他自<u>詡</u>是村中最強壯的人，然而事實並非如此。

　　　❷ 畫中的雀鳥<u>栩栩</u>**如生**，似乎要展翅高飛。

辨析　「詡」讀【許】，本義是「誇讚」。讚美的說話是需要開口說出來的，因此屬「言」部。

　　　「栩」同讀【許】，屬「木」部，是「櫟樹」的別稱。疊詞「栩栩」是形容詞，意指「生動」。「栩栩如生」形容貌態逼真，彷彿具有生命力。

## 206 籌劃 ✅ 籌畫 ❌

例句　❶ 藝術學院的師生正**籌**<u>劃</u>着下個月的藝術展。

　　　❷ 音樂和**繪畫**是他的嗜好。

辨析　「畫」讀【或】時，一般解作「描繪」，是動詞；讀【話】或【waa2】時，則指「圖畫」，是名詞。

　　　「劃」只讀【或】，屬「刀」部，本指用利器將東西割開，後引申為「劃分」，再引申出「計劃」、「籌劃」等詞語，都有「籌謀」的含義。

## 207 含辛茹苦 ✅ 含辛如苦 ❌

例句　❶ 我感激**含辛**<u>茹</u>苦地生育我、養育我的父母。

　　　❷ <u>如</u>**果**你需要幫手，就找他幫忙吧。

辨析　「如」屬「女」部，指女子跟隨丈夫的命令（口）做事，因此「如」的本義是「跟隨」，後來又解作「如同」、「如果」等。

　　　「茹」有多個意思，最常用的就是「吃」。「含辛茹苦」字面指進食辣椒和苦菜，比喻受盡各種痛苦。

## 208　弱不**禁**風 ✓　　弱不**襟**風 ✗

例句　❶ 你一副**弱不禁風**的樣子，應多做運動，鍛煉身體。
　　　❷ 父母常常教我要做個**胸襟**廣闊的人。

辨析　「禁」讀【咁 gam3】時，一般解作「禁止」；讀【衿 kam1】時，則解作「受得住」。「弱不禁風」指瘦弱得受不住風吹，因此「禁」在此應讀【衿】。
　　　「襟」讀【衿 kam1】，屬「衣」部，是指衣服胸前釘鈕扣的地方，分左、右兩邊；後來借指「胸懷」，如「胸襟」。

## 209　**躋**身 ✓　　**擠**身 ✗

例句　❶ 取得勝利的他首次**躋**身八強，與各路高手一決高下。
　　　❷ 他的性格孤僻，因而經常受到眾人的排**擠**。

辨析　「躋」讀【劑】，屬「足」部，表示「用腳登上」，後來比喻獲得佳績，因而攀升到更高的位置等。
　　　「擠」同讀【劑】，屬「手」部，本義為「推擠」，就是用手把東西推出來，譬如「擠暗瘡」。「排擠」就是使用手段排斥別人。

## 210　殺一**儆**百 ✓　　殺一**警**百 ✗

例句　❶ 重罰違反隔離令的人，會有**殺一儆百**的效果。
　　　❷ **機警**的小白兔躲開了老鷹的利爪，成功逃之夭夭。

辨析　「儆」讀【景】，解作「警誡」，「殺一儆百」意指誅殺或重罰一個人來警誡眾人。
　　　「警」同讀【景】，可以解作「警誡」、「機敏」、「緊急」等意思。雖然也有「警誡」的意思，不過絕少寫作「殺一警百」或「殺雞警猴」。

## 211 雞蛋卷 ✓　雞蛋券 ✗

例句　❶ 我從元朗買的家鄉**雞蛋**卷，真的又香又脆。

　　　❷ 特價品不能使用購物**禮**券來購買。

辨析　「卷」屬「卩」部。「㔾」是「卩」的變形，生動地描繪了事
　　　物捲起來的外貌。故此「卷」的本義就是把事物捲起來，後
　　　又指被捲成圓筒狀的事物。
　　　「券」讀【勸】，屬「刀」部，本義為用於買賣或債務的契據，
　　　因為這些契據一般用刀刻在竹片上；後來又解作憑證用的紙
　　　票，譬如：入場券、禮券。


## 212 橫跨 ✓　橫胯 ✗

例句　❶ 青馬大橋猶如一條巨龍，**橫**跨馬灣海峽。

　　　❷ 昔日韓信忍受胯**下之辱**，最終才能夠成就大業。

辨析　「跨」屬「足」部，本指抬起一隻腳，向前或左右邁步，後
　　　來引申出「橫跨」、「跨越」等意思。「橫跨」指橋樑等建築
　　　物橫向跨越兩邊。
　　　「胯」本義是兩腿之間。「胯下之辱」指淮陰侯韓信曾被人侮
　　　辱，迫他在胯下爬行，後比喻極大的侮辱。


## 213 垮台 ✓　誇台 ✗

例句　❶ 新人管理無方，公司因而面臨垮台的命運。

　　　❷ 恰當的誇**張**可以突出事物特點，啟發讀者想像。

辨析　「垮」是指牆壁、房屋倒塌，因此屬「土」部；後來比喻失
　　　敗，「垮台」就是「倒台」，用來描述事物失敗、瓦解或潰散。
　　　「誇」是指「誇大事實」或「讚美」，由於都是需要用口説出
　　　來的，因此屬「言」部。

## 214　疫情 ✅　役情 ❌

例句　❶ 現在**疫**情嚴重，大家外出時一定要戴上口罩。
　　　❷ 滑鐵盧戰**役**之後，拿破崙被軟禁在聖海倫娜島上。

辨析　「疫」屬「疒」部，本義是流行性傳染病，也就是「疫症」、「瘟疫」。「疫情」就是疫症爆發和蔓延的情況。
　　　「役」起初由「人」和「殳」組成，表示人一手拿着武器（殳），驅使他人做事，本義就是「勞役」；後來「人」變為「彳」，強調步行前往打仗，因此「役」也解作「戰役」、「戰爭」。

## 215　老奸巨猾 ✅　老奸巨滑 ❌

例句　❶ 他是個**老奸巨猾**，大家要小心，不要被他欺騙。
　　　❷ 天雨路**滑**，司機要特別小心駕駛，免生意外。

辨析　「猾」屬「犬」部，本義是「擾亂」，後引申出「狡猾」、「奸詐」等意思，後又指「狡猾的人」。「老奸巨猾」正是指極為奸詐狡猾的人。
　　　「滑」本義是「光滑」、「柔滑」、「濕滑」，因為特點像水一樣，因此屬「水」部。

## 216　卓越 ✅　桌越 ❌

例句　❶ 他在生物科技領域取得了**卓越**的成就。
　　　❷ 木匠把損壞的**桌**椅都修理好了。

辨析　「卓」屬「十」部，本義是站在高處，挺立出眾的樣子，後來引申出「卓越」、「超卓」、「卓見」等詞語，都帶有「高超獨特」的含義。
　　　「桌」就是「桌子」、「枱」，因此屬「木」部。

## 19 加「州」在美「洲」

誤 加洲　　正 加州

圖中的「洲」是別字，應寫作「州」。

「州」屬「巛」部。「巛」同「川」，即河流。「𝔖」是「州」的甲骨文寫法，小篆寫法是「𫝀」。姑勿論中間是一個、還是三個小圈，「州」的本義都是指水中的陸地（見右圖）。《說文解字》解釋說：「水中可居曰『州』。」

大禹治水後，以河道為疆界，將天下分為九個大區域，也就是「九州」：冀州、豫州、雍州、荊州、揚州、兗（讀【演】）州、徐州、幽州及營州。當時的各「州」位處河道之間，猶如水中的陸地，與本義尚有一點關係。後來，「州」開始被用作行政區域的名稱，譬如：廣州、

福州、蘇州、杭州、甘州，不論是內陸的，還是沿海的，都與「州」的本義完全無關了。

作為行政區域名稱，「州」的用法也從中國本土延伸到外國。美利堅合眾國（United States of America）由 50 個「州」（State）組成，包括：華盛頓州、紐約州、密西西比州、賓夕法尼亞州等。前頁圖中「加洲」一詞所指的，是「加利福尼亞州」（State of California），它的簡稱應該寫成「加州」。

由於「州」已經用作行政區域名稱，不再與本義有關，後人於是另造新字：在「州」左邊加上偏旁「氵」，成為「洲」字，來表示「州」的本義——水中陸地（島嶼），譬如：維多利亞港的西部海域，有「青洲」和「小青洲」（位處堅尼地城對開海面）、武漢的長江中有「鸚鵡洲」、長沙的湘江中有「橘子洲」等等。

「洲」也可以表示大洲（Continent）。明朝萬曆年間，意大利傳教士利瑪竇（Matteo Ricci）來華，並把自行編撰的《山海輿地全圖》獻給明神宗。這幅地圖展示了當時世界的多塊大陸：亞細亞（Asia）、歐羅巴（Europe）、利未亞（Africa）、亞墨利加（America）等。由於它們都是在海洋中的大塊陸地，後人於是把「洲」加在上述地名的後面，並作縮略，因而成為今天「亞洲」、「歐洲」、「非洲」、「美洲」的叫法了。

# 文字辨析

## 217 軀體 ✅　驅體 ❌

例句　❶ 不讀書的人，猶如沒有靈魂的**軀**體，了無生氣。
　　　❷ 牧民們**驅**趕着馬羣在草原上奔跑。

辨析　「軀」屬「身」部，本義是「身軀」，也就是「身體」，後來引申為「生命」，譬如「為國捐軀」，就是說為國家犧牲生命。「驅」屬「馬」部，本義是「策馬前進」，後來引申出「奔走」、「趕走」等新詞義。

## 218 荒謬 ✅　荒繆 ❌

例句　❶ 不以事實為依據的推測往往是**荒謬**的。
　　　❷ 平時就應該**未雨綢**繆，做好防災準備。

辨析　「謬」讀【貿 mau6】，屬「言」部，本義是「錯誤」、「謬誤」。「荒謬」就是指不實、荒唐。
　　　「繆」屬「糸」部，與絲織品有關，有多個讀音，最常見的是【謀 mau4】，意指「纏繞」。「未雨綢繆」本指鴟鴞（讀【癡囂】，貓頭鷹一類的動物）在未下雨前便已修補窩巢，比喻事先預備。

## 219 僱傭 ✅　顧傭 ❌

例句　❶ 根據《**僱**傭條例》，聘請非法勞工是嚴重罪行。
　　　❷ 每逢年尾，不少電視台都會製作大事**回顧**的節目。

辨析　「顧」屬「頁」部。「頁」跟頭顱有關，「顧」的本義是「回頭看」，後來引申出「顧盼」、「照顧」、「探望」等新字義。「僱」本指出錢請人替自己做事，因此屬「人」部。「僱傭」一樣解作出錢請人替自己做事。

## 220　瘋瘋癲癲 ✅　　瘋瘋巔巔 ❌

例句　❶ 自從丈夫死後她就變得**瘋瘋**癲癲的。

　　　❷ 命運帶領我到生命中的低谷，我卻會用它來創造巔**峯**。

辨析　「癲」屬「疒」部，起初寫作「瘨」，是指精神出了問題，也即是「精神病」。「瘋癲」是指精神錯亂，言語行動失常。

　　　「巔」屬「山」部，起初指「山頂」。「巔峯」就是指山頂，後來比喻狀態達到最高點。


## 221　朝廷 ✅　　朝庭 ❌

例句　❶ 為了黎民百姓，他不惜在**朝廷**上頂撞皇帝。

　　　❷ 桂花的芬芳香氣洋溢在整個**庭**院裏。

辨析　「廷」的本義是堂前的空地，後來指王宮外的無蓋空地，是君王接見臣子的地方，也就是「朝廷」。

　　　後來有人加上「广」部，另創「庭」字。屬「广」部的字多與建築物有關，「庭院」、「庭園」、「後庭」等都是有着不同功能的空地。


## 222　大綱 ✅　　大鋼 ❌

例句　❶ 大家作文前，最好先寫好**大綱**，以免離題。

　　　❷ 一旦**鋼纜**斷開，升降機的煞停系統會自動操作。

辨析　「綱」讀【剛】，屬「糸」部，與絲綢或繩子有關，本義是網的主繩，後來引申出「事物的總要」等意思，「大綱」就是文章的內容要點。

　　　「鋼」讀【降】，是指鐵和碳的合金，所以屬「金」部。《集韻》說：「鋼，堅鐵。」可見，「鋼」是比鐵更堅硬的金屬。

## 223 天晴 ✓　天晴 ✗

例句　❶ 雨過**天晴**後，天空中出現了一道美麗的彩虹。
　　　❷ 文章的結尾畫龍**點睛**，點明了中心思想。

辨析　「晴」本來指雨、雪停止，後來指清朗無雲、陽光普照的天氣，因此屬「日」部。
　　　「睛」屬「目」部，本義是「眼珠」，後來才泛指「眼睛」。「點睛」本來指點畫眼睛，後來比喻為文章的關鍵之筆。

## 224 恪守 ✓　格守 ✗

例句　❶ 作為銷售人員，他一直**恪守**商業道德。
　　　❷ 對自己要求不**嚴格**，試問怎能對別人有所要求？

辨析　「恪」屬「心」部，讀【確】，本義為「恭敬」、「謹慎」。「恪守」就是指「恭敬謹慎地遵守」。
　　　「格」是木框，因為方框的外形是固定的，不能隨便移動，因而引申出與「標準」有關的字義，如：「資格」、「規格」等。「嚴格」就是指嚴謹遵守一定的標準。

## 225 編輯 ✓　篇輯 ✗

例句　❶ 爸爸是雜誌**編輯**，因而認識了許多專欄作家。
　　　❷ 貝多芬的《第九交響曲》是壯麗的音樂**篇**章。

辨析　「編」屬「糸」部，是指用繩子把事物有次序地排列起來，也就是「編織」，後來也用於文章。「編輯」就是指搜集文章，然後加以鑑別、篩選、分類、整理、排列和組織。
　　　「篇」是指將刻有文字的竹簡編排成簡冊，相當於一本書，後來把完整的文章稱為「篇」。「篇章」就是詩篇、文章的泛稱。

## 226　目睹 ✅　　目賭 ❌

例句　❶ 我當時在現場，**目睹**了整件事情的經過。

　　　❷ 沉迷**賭**博不只賠上金錢，更會賠上事業和家庭。

辨析　「睹」屬「目」部，字義與眼睛有關，本義是「看見」。「目睹」
　　　即是強調親眼看見。

　　　「賭」屬「貝」部，字義與金錢有關，本義是「用財物作注，
　　　來比輸贏」，也就是「賭博」。


## 227　優哉游哉 ✅　　優栽游栽 ❌

例句　❶ 他選擇在郵輪上，度過**優**哉**游**哉的假期。

　　　❷ 小樹苗在母親的悉心**栽**種下茁壯成長。

辨析　「哉」屬「口」部，本來是用作表示語氣的助詞，多用來表
　　　示感歎。「優哉游哉」就是特別強調悠閒自在。

　　　「栽」屬「木」部，本來指樹立木板來築起牆壁，後來引申
　　　為種植樹木。「栽種」就是「種植」。


## 228　熔爐 ✅　　溶爐 ❌　　融爐 ❌

例句　❶ 美國的居民來自全球各地，是世界各民族的熔**爐**。

　　　❷ 要等維他命 C 片在水中溶**解**，才可以飲用。

　　　❸ 天氣炎熱，雪糕在陽光下極速融**化**。

辨析　「熔」、「溶」、「融」三個字的意思相近。「熔」屬「火」部，
　　　指金屬變為液體狀態。「熔爐」本指熔煉金屬的火爐，後比
　　　喻為融合各種族、文化的地方。

　　　「融」特別指冰從固體轉化為液體（水），一般寫作「融化」，
　　　又可以解作「融洽」、「融和」等。

　　　「溶」是指物體在液體中分解，譬如「維他命 C 片」是在水
　　　中「溶解」，不是「熔解」或「融化」。

# 「字」測加油站（四）

選出括號裏適當的文字，把答案圈起來。

1. （氣／汽）水中的氣泡是二氧化碳。

2. 門（鈴／玲）響了，你快去開門吧！

3. 流星（畫／劃）破長空，將天空分成兩半。

4. 狡（滑／猾）的狐狸騙過了老虎，成為了森林之王。

5. 雨後彩（虹／紅）彷彿告訴我們艱難終有一天會過去。

6. 下班時間到了，巴士的車廂變得十分（擠／躋）擁。

7. 哥哥是學校（辦／辯）論隊的成員，他的口才十分了得。

8. 弟弟在（胯／跨）欄比賽中勝出了，高興得跳了起來。

9. 偉晴正在為學校（籌／疇）辦一場別開生面的校慶典禮。

10. 爺爺平易近人、和（藹／靄）可親，人人都喜歡跟他親近。

11. 你平日不多加鍛（煉／鍊）就想勝出比賽，實在太天真了。

12. 爸爸經常跟哥哥對（弈／奕），為要訓練哥哥的思考能力。

13. 突出辯才和顯赫家世，使他在這次選舉中備受（囑／矚）目。

14. 單純的（謾／漫）罵於事無補，不如平心靜氣想想解決辦法。

15. 看到兒子整天無所事事，他大有恨鐵不成（綱／鋼）的感歎。

16. 姐姐的衣禁上繡了兩朵精緻的小花。　＿＿＿＿

17. 這批偷渡的難民最終被軀逐出境了。　＿＿＿＿

18. 過年在家擺放年桔，有歲晚吉祥的寓意。　＿＿＿＿

19. 因疫情而停業多天的茶樓終於誃復營業了。　＿＿＿＿

20. 爸爸約了生意伙伴去恰談擴充業務的事宜。　＿＿＿＿

21. 這位明星獲邀出席公司開張的剪彩儀式。　＿＿＿＿

22. 弟弟的房間地上布滿了玩具，讓人舉步維艱。　＿＿＿＿

23. 花園裏放滿了各種各樣的盤景，讓人目不暇給。　＿＿＿＿

24. 請在報名表上填上名字、姓別、班別和學號。　＿＿＿＿

25. 明輝憑着契而不捨的精神，完成了三項鐵人賽。　＿＿＿＿

26. 同學紛紛在畢業典禮上感謝老師對他們的教道。　＿＿＿＿

27. 姨母有如素的習慣，凡含有肉的食物都不會吃。　＿＿＿＿

28. 媽媽自小為我陪養閱讀的習慣，使我獲益良多。　＿＿＿＿

29. 得悉高比‧拜仁遇難的惡耗後，大家都悲慟不已。　＿＿＿＿

30. 登上泰山的癲峯，我才感到世間的事物十分渺小。　＿＿＿＿

## 20 自「制」力高的燒味

誤 自制燒味　　正 自製燒味

　　「自制」和「自製」兩個詞語都解得通，可是用在燒豬、燒鵝、燒雞身上的話，就只有「自製」才正確。

　　「制」左邊的部件本來是「木」，右邊的是「刀」，本義就是指用刀修剪木材。右圖是「制」的金文寫法。它的筆畫十分複雜，左邊是一棵枝節太多的樹木，因而需要右邊的刀具來修剪。由此，「制」的本義就更加明顯：修剪枝節太多的樹木。

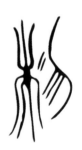

　　樹木的枝節太多，就要修剪；人類的慾望太多，就要節制；皇帝的暴行太多，就要制裁，因此「制」的引申義大多與「約束」、「阻止」有關，如：制裁、節制、控制；而「自制」就是指控制自己的慾望、情感。燒豬、燒雞、燒鵝都死掉了，又何來控制自己的行為？可見，圖中的「制」是別字，應該寫作「製」。

「製」屬「衣」部，字義跟衣服、布匹有關，而「制」既是聲符，也是形符，表示「剪裁」，因此「製」的本義就是剪裁、縫製衣服。

除了衣服，生活上有許多事物都是要製作出來的：美酒需要釀「製」、藥物需要炮「製」、書本需要印「製」。至於燒豬、燒鵝、燒雞等燒味，都是需要「燒製」的，因此圖中餐廳的名稱，應該寫作「自製」，表示店中燒味是由該餐廳自行燒「製」的。

還有一個字，是常與「制」、「製」混淆的，那就是「掣」。「掣」的本義是「牽引」，後來引申出多個意思，其中一個是「急行」，成語「風馳電掣」就是指事物猶如狂風和雷電般快速。香港人非常聰明，給「掣」賦予了新的意義：用「手」去控「制」電力和食水的開關裝置，就是「掣」──這不是很厲害的造字方法嗎？不過，正因為讀音相同，「電掣」往往被寫成「電制」，「控制」又經常被寫作「控掣」，混亂得很。

大家要記住：「制」是阻止，「製」是創造，「掣」是開關，彼此的詞性和字義範疇各不相同，不要混淆。

# 文字辨析

## 229　木材 ✅　　木才 ❌

例句　❶ 這列火車準備將一批**木**材運到南方去。

　　　❷ 三國時代**人**才輩出，為中國史寫下光輝的一頁。

辨析　「材」的本義是「木材」，後來泛指各種材料、原料。

　　　「才」起初解作種子破土而出，後來用作副詞，帶有「只」的意思；也解作智慧、能力，如「才能」，也指有智慧、能力的人，例如「人才」、「天才」。

## 230　縱橫 ✅　　蹤橫 ❌

例句　❶ 旺角一帶的馬路縱**橫**交錯，交通十分繁忙。

　　　❷ 大家放學時要小心，不要被陌生人跟**蹤**。

辨析　「縱」讀【眾】時，解作「放縱」、「縱使」；讀【終】時，則指絲織品，也指直行的絲線，與「橫」相對。「縱橫」就是指事物向直、向橫的互相交疊。

　　　「蹤」讀【終】，屬「足」部，本義就是「足跡」。「跟蹤」就是指「跟隨蹤跡」，通常指緊緊跟在人的後面。

## 231　模仿 ✅　　模彷 ❌

例句　❶ 他用口技**模**仿各種聲音真是維妙維肖，讓人歎服。

　　　❷ 水仙花很漂亮，彷**彿**一位青春的少女。

辨析　「仿」讀【紡】，屬「人」部，本義是「相似」、「仿似」，後來引申出「模仿」、「仿效」等意思。

　　　「彷」同讀【紡】，屬「彳」部。「彳」與「走路」有關，「彷」意指來回走動，本義是「徘徊」。又能與「彿」組成詞語「彷彿」，意指「好像」。

**232** 緊絀 ✅　緊拙 ❌

例句　❶ 公司的儲備十分緊**絀**，各部門一定要量入為出。

　　　❷ 大熊貓那**笨**拙的動作既滑稽又可愛。

辨析　「絀」屬「糸」部，「出」解作「露出」，有説「絀」本來是指「衣物破損，絲線露出」，後來引申出「缺點」、「不足」等字義。「緊絀」就是指資源、金錢短缺。

　　　「拙」意指手腳不靈活，也就是「笨拙」，因此部首是「手」。


**233** 蜜糖 ✅　密糖 ❌

例句　❶ 愛是**蜜**糖，即使你心頭苦澀，也能讓你甜到心裏。

　　　❷ 海旁擠滿了**密密麻麻**的遊客，準備欣賞煙花匯演。

辨析　「蜜」的本義是「蜂蜜」，是蜜蜂採花蜜過程中所釀成的蜜汁，因此屬「虫」部。

　　　「密」屬「山」部，本來指像堂室一樣的山，後來指事物「稠密」，不稀疏；也指人與人之間關係「親密」，不疏離；也指做事「細密」，不粗疏。


**234** 絕無僅有 ✅　絕無謹有 ❌

例句　❶ 如今像他這樣好心的人，應是**絕無僅**有的了。

　　　❷ 兵不厭詐，在戰場上，大家一定要小心**謹慎**。

辨析　「僅」屬「人」部，多用作副詞，表示「只」，譬如「僅僅」；也可以表示「少」，「絕無僅有」就是指極為少有。

　　　「謹」本指「慎重」、「小心」。與人相處，一定要小心説話，因此「謹」屬「言」部。

## 235　妄自菲薄 ✅　妄自匪薄 ❌

**例句**　❶「妄自尊大」與「妄自**菲**薄」都是自卑的表現。

　　　　❷ 中一次獎也許是幸運，連中幾次就是**匪**夷所思了。

**辨析**　「菲」屬「艸」部，讀【匪 fei2】時，本義是蘿蔔之類的蔬菜，後來借指「微薄」，再引申出「貶低」之意。「妄自菲薄」就是指胡亂（妄）貶低自己。

　　　　「匪」的本義是一種竹器，後來借用作副詞，表示「不」或「不是」。「匪夷所思」意指「不是（匪）一般人想像得到的」。


## 236　磨礪 ✅　磨勵 ❌

**例句**　❶ 人生猶如寶劍，只有經過**磨礪**才能發揮出真本領。

　　　　❷ 經過老師的**鼓勵**，他終於重新振作起來。

**辨析**　「礪」屬「石」部，本義是「磨刀石」，後來從磨刀石的用途——磨礪刀劍——引申出「磨礪」、「磨練」等新字義。

　　　　「勵」的本義是「勉勵」、「鼓勵」，鼓勵他人是需要力氣的，因此屬「力」部。


## 237　變幻莫測 ✅　變幻漠測 ❌

**例句**　❶ 目前世界局勢**變幻莫**測，誰勝誰負還是未知之數。

　　　　❷ 他為人冷**漠**無情，所以大家都不喜歡他。

**辨析**　「莫」由「日」和「艸」組成，本義是「日落」，後來被借來用作副詞，相當於「不」、「不要」。「變幻莫測」就是指不能（莫）預測當中的變化。

　　　　「漠」本指「沙漠」，沙漠是沒有水的，所以屬「水」部，後來引申出「廣大」、「冷酷」等詞義。

## 238  校對 ✅  較對 ❌

例句
❶ 校對時，要把稿件上的錯別字圈出來，並作更正。
❷ 他是個生意人，為人斤斤計較，實在不足為奇。

辨析
「校」屬「木」部，本義是一種木製的刑具。後來借用作動詞，表示「訂正」。「校對」就是指將稿件與原稿作比對，找出錯處，並作更正。

「較」的本義是古代車廂兩旁的橫木，因此屬「車」部，後來借用來表示「比較」。「計較」就是跟別人計算、比較。

## 239  煩惱 ✅  煩腦 ❌

例句
❶ 凡事總往壞處想，那是自尋煩惱。
❷ 工作了一整天，現在我的腦袋變得昏昏沉沉。

辨析
「惱」的本義是「怨恨」、「發怒」，後來又指「煩惱」，都是心理狀態，因此屬「心」部。

「腦」的本義就是「腦袋」、「腦部」，由於是身體的器官，因此屬「肉」部。

## 240  銷聲匿跡 ✅  消聲匿跡 ❌

例句
❶ 去年他和我們告別後，就銷聲匿跡了。
❷ 用紫外光燈來給口罩消毒，也許會破壞它的結構。

辨析
「消」的本義是「冰雪融化」，故此屬「水」部，後來泛指事物的消散、消失。

「銷」的本義是金屬熔化，因此屬「金」部，後來引申出「消失」的意思，且經常與「消」字通用，可是現在兩個字各有分工，譬如：銷聲匿跡、報銷、撤銷；消失、消耗、消滅等。

## 21 人「士」不一定出「仕」

誤 人仕　正 人士

　　不少機構都會將「人士」誤寫作「人仕」。雖然「士」、「仕」的字義都跟「人」有關，可是指涉的羣體、身份卻有所不同。

　　「土」是「士」的金文寫法：一把斧頭。在遠古，斧頭是戰場上最常見的武器。故此，造字者就用斧頭這種兵器來代表用它來殺敵的人——武士、士兵（見右圖）。

在周朝，諸侯有權擁有自己的臣子：卿、大夫、士。他們跟天子、諸侯一樣，都是貴族，而「士」是當中最低層的，大抵是來自昔日的武士，憑藉自己的武藝，成為卿、大夫的家臣。

到春秋戰國時期，天子地位低下，所掌握的典籍逐漸落入民間，讓「士」學會各種知識和技能；加上諸侯爭霸，招攬人才，因而促使「士」這個階層迅速崛起，並以新姿態示人——知識分子。《管子》說：「士、農、工、商四民者，國之石民也。」知識分子、農民、工匠、商人，都是國家的中流砥柱，當中更以「士」為首，足見「士」逐漸成為備受重視的社會階層。

因此，有人開始用「士」作為對人的美稱。西晉人李密在〈陳情表〉中說：「臣之辛苦，非獨蜀之人士，及二州牧伯，所見明知。」當中「人士」一詞，就是對社會上眾人的美稱，並沿用到今日。

至於「仕」，它比「士」出現得晚一些。剛才說過，春秋戰國時期諸侯爭霸，紛紛招攬人才，「士」因而躍身管治階層。因此，人們在「士」的旁邊加上偏旁「亻」，說明「人」成為「士」，協助君主治國——即「當官」，也就是「仕」的本義。孔子的學生子夏說過：「學而優則仕。」（見《論語·子張》）意指學業有成後，就可以當官從政。還有很多與「仕」有關的詞語：「出仕」就是當官，「不仕」就是不想當官，「致仕」就是辭官。

「人士」是對社會上眾人的美稱，他們不一定全是「出仕」之人，因此緊記不可以將「人士」寫作「人仕」。

# 文字辨析

## 241 恍然大悟 ✅　晃然大悟 ❌

例句　❶ 經過老師指點，我才恍然大悟，原來是我做錯了。
　　　❷ 海面上波濤洶湧，小船因而搖晃得十分厲害。

辨析　「恍」的本義是「模糊」、「迷離」，是心理狀態，因此屬「心」部，後來才指「突然醒悟」，與本義完全相反。「恍然大悟」就是指心裏忽然明白。
　　　「晃」的本義是「明亮」，因此屬「日」部，後來才解作「搖擺」、「搖動」。

## 242 言簡意賅 ✅　言簡意該 ❌

例句　❶ 我們寫作時，緊記要言簡意賅，不能拖泥帶水。
　　　❷ 一個大學生應該學會思考，不能人云亦云。

辨析　「賅」讀【該 goi1】，屬「貝」部，意指事物齊全、充足。「言簡意賅」是指說話十分簡單，可是內涵（意）卻很豐富（賅）。
　　　「該」的本義是軍中的戒約，故此屬「言」部。軍中的戒約是要遵守的，由此引申出新字義——「應該」。

## 243 振聾發聵 ✅　振聾發瞶 ❌

例句　❶ 他的文章大膽諷刺時弊，有振聾發聵的效果。
　　　❷ 他年紀老邁，兩眼昏瞶，可是依然堅持寫作。

辨析　「聵」讀【潰】，本義是「耳聾」，故屬「耳」部。「聵」也指失聰的人，「振聾發聵」字面解作喚醒聾子，實際上比喻大聲疾呼，來喚醒愚昧的人。
　　　「瞶」同讀【潰】，意指「視力不明」，因此屬「目」部。至於「昏瞶」，一方面指眼力不好，另一方面與「昏聵」相通，意指糊塗昏亂，不辨是非。

## 244　售罄 ✅　　售馨 ❌

例句　❶ 才開賣三十分鐘，所有演唱會門券就**售**罄了。

　　　❷ 她們把睡房佈置得既**溫**馨又舒適。

辨析　「罄」讀【慶】，屬「缶」部，與器皿有關，本義就是指器皿裏空空如也，甚麼也沒有，後來引申出「用盡」的意思。「售罄」就是指「賣光」。

　　　「馨」讀【輕】，屬「香」部，就是指香氣遠播，後來指美好的事物。「溫馨」解作「親切溫暖」。


## 245　矛頭 ✅　　茅頭 ❌

例句　❶ 我們的**矛**頭要一致向外，不能出現內訌。

　　　❷ 老師的提醒使他**茅**塞頓開，不再困惑。

辨析　「矛」是一種前端尖銳的武器。「矛頭」本指矛的尖端，後來比喻攻擊或事情進行時的方向。

　　　「茅」就是指「茅草」，故屬「艸」部。「茅塞頓開」指堵路的茅草被移開，小徑頓時開通，比喻馬上開悟，忽然明白。


## 246　趨之若鶩 ✅　　趨之若騖 ❌

例句　❶ 得知該股票急升，人們馬上**趨之若**鶩，爭相購入。

　　　❷ 叔叔為人踏實，絕非**好高**騖遠之徒。

辨析　「鶩」讀【務】，屬「鳥」部，指的是野鴨。「趨之若鶩」是指像成羣野鴨般跑過去，形容前往依附的人極多。

　　　「騖」同讀【務】，本指馬匹奔馳，故此屬「馬」部，後又指「放縱追求」。「好高騖遠」形容只顧嚮往高遠的目標，卻不切實際。

## 247 姍姍來遲 ✓　蹣蹣來遲 ✗

例句　❶ 那位**姍姍來遲**的姑娘沒有趕上列車，結果遲到了。

　　　❷ 爺爺腿腳不靈，走起路來步履**蹣**蹣。

辨析　「姍」讀【山】，屬「女」部，本義是「毀謗」。後來多作疊詞用，「姍姍來遲」就是形容女子遲步緩來的樣子。

　　　「蹣」同讀【山】，解作「踩踏」，與「跚」組成詞語「蹣跚」時，則指步伐不穩。兩個解釋都與腳有關，因此屬「足」部。


## 248 兇悍 ✓　兇捍 ✗

例句　❶ 這兩個歹徒看上去很**兇悍**，其實都是「紙老虎」。

　　　❷ 既然是這個地方的一分子，就要**捍**衛這裏的價值觀。

辨析　「悍」讀【汗】，本義是「勇猛」，是心理狀態，因此屬「心」部。「悍」強調「兇惡」，帶有貶義，因此多與「潑」、「刁」、「兇」等字搭配使用。

　　　「捍」同讀【汗】，屬「手」部，本義是「抵抗」、「抵擋」，「捍衛」就是「保衛」、「防禦」。


## 249 不卑不亢 ✓　不卑不抗 ✗

例句　❶ 這位外交官**不卑不亢**，説話得體。

　　　❷ 我**抗**拒不了那讓人垂涎三尺的巧克力。

辨析　「亢」讀【抗 kong3】，本義是「高」、「大」，由此引申出「驕傲」、「無禮」等義。「不卑不亢」是指不卑屈、不傲慢，態度恰到好處。

　　　「抗」的本義是「抵御」、「抗拒」，故此屬「手」部。「抗拒」就是「抵抗並拒絕」。

## 250  年紀小 ✅  年紀少 ❌

例句　❶ 別看他**年紀小**，可是説起話來卻頭頭是道。

　　　❷ 母親總是能夠容忍孩子因**年**少無知所犯下的錯誤。

辨析　「小」讀【siu2】，與「大」相對，指事物外形、規模不大，也可以解作「年輕」，不過一般與「年紀」搭配使用。

　　　「少」讀【小】時，表示數量、次數不多；讀【笑】時，則與「小」一樣解作「年輕」，多寫作「年少」。

## 251  取之不竭 ✅  取之不歇 ❌

例句　❶ 太陽能是**取之不**竭、用之不盡的潔淨能源。

　　　❷ 吃過晚飯，我們就坐在火爐旁歇息。

辨析　「竭」讀【揭 kit3】，屬「立」部，有多個意思，最常用的意思是「用盡」。「取之不竭」形容事物蘊藏豐富，怎樣使用也沒有完結的一天。

　　　「歇」讀【挈 hit3】，屬「欠」部，本義是「休息」。「歇息」就是指「休息」、「睡覺」。

## 252  糜爛 ✅  靡爛 ❌

例句　❶ 他們都是二世祖，整天過着糜爛的生活。

　　　❷ 瓊瑤的小説曾經**風**靡一時，深受年輕讀者的喜愛。

辨析　「糜」讀【微】，屬「米」部，本義是「粥」。後來又指「耗費」、「腐敗」。「糜爛」既指傷口潰爛，也指思想行為頹喪不振。

　　　「靡」讀【微】時，多與「糜」相通；讀【美】時，則解作「美好」、「倒下」等，「風靡一時」指某事物在一時期裏極為流行，就像草木順風而倒的樣子。

# 22

「王」、「皇」有別

誤 王帝　　正 皇帝

　　某天到街市購物時，筆者發現水果店檔主誤把「『皇』帝蕉」寫作「『王』帝蕉」。據聞這種香蕉是古代獻給皇帝的貢品，因此有着「皇帝」之名。「王」、「皇」同音而形近，而且都解作「君主」，不過地位上卻有所差別。

　　「太」是「王」的甲骨文寫法，外形好像一把「鉞」——也就是斧頭之類的兵器。「太」是它的另一個甲骨文寫法，很明顯看到「鉞」的手柄、刀片和刀鋒。「鉞」的刀片比一般斧頭闊大，多用作儀仗或刑具，是軍權、君王的象徵。因此，「王」的本義就是君王。在甲骨文盛行的商代，「王」就特指商代君主。

　　到周代，「王」用作周天子的稱號，如：周文王、周武王、周幽王等。可是自周平王東遷後，天子地位低落，諸侯紛紛越權，自行稱

「王」：春秋時代初期的楚國君主熊徹，正是第一位越權稱「王」的諸侯。自此，不少諸侯紛紛加入稱王的行列，譬如春秋時代後期的吳王、越王，以及在戰國時代率先稱王的梁惠王等。

至於「皇」，本義是王冠，「&#xfffd;」是它的甲骨文寫法。可以看到，頂上部分像一塊插有羽毛的玉器，用作王冠的裝飾。左下的部件是「王」，意指王冠是王者所戴。「&#xfffd;」是「皇」的金文寫法，王冠的模樣就更為明顯了。由於王冠是王者的象徵，因此「皇」就引申出新字義——君王。不過，相比起手執斧鉞的「王」，頭戴冠冕的「皇」地位更高。譬如古人用「三皇」來指傳說中的三位聖王——天皇、地皇、泰皇。據考古學家的研究，「三皇」未必是神話人物，反而應該是帶領先民走向文明的領袖。

秦王嬴政一統天下後的第一道詔令，就是商議自己的稱號。有說嬴政自以為德兼三皇（伏羲、女媧、神農），功蓋五帝（黃帝、顓頊、帝嚳、帝堯、帝舜），於是自創「皇帝」一詞，作為天下最高統治者的稱號。

自此，各朝天子雖然都以秦始皇的暴政為戒，卻一直不肯捨棄「皇帝」這個至尊無上的稱號。至於昔日周天子專用的「王」，卻成為皇親國戚或異姓功臣的最高爵號了。

# 文字辨析

## 253 整飭 ✅　整飾 ❌

例句　❶ 如今整**飭**公司的各部門架構是當務之急。
　　　❷ 商店的櫥窗裏掛滿了許多漂亮的**裝飾**品。

辨析　「飭」屬「食」部，所強調的是「力」，因此「飭」有多個意
　　　思，包括：整頓、治理、告誡等。「整飭」的意思是「整頓」。
　　　「飾」同屬「食」部，所強調的是「巾」。「巾」是擦洗用的布，
　　　後來引申為修飾用的布匹。「裝飾」就是指「修飾」、「打扮」。

## 254 三顧草廬 ✅　三顧草盧 ❌

例句　❶ 諸葛亮最終接受了劉備**三顧草廬**之恩。
　　　❷ 著名詩人**盧**照鄰是「唐初四傑」之一。

辨析　「盧」屬「皿」部，本義是盛載米飯的器具。不過其本義已
　　　經消失，現在一般用作姓氏。
　　　「廬」屬「广」部。屬「广」部的字多跟房屋有關，而「廬」
　　　的本義就是「簡陋的房舍」。「草廬」就是用茅草搭建的房
　　　屋，而「三顧草廬」就是指禮賢下士或誠心邀請。

## 255 一語成讖 ✅　一語成懺 ❌

例句　❶ 大家都取笑他說的話，怎料竟然**一語成讖**。
　　　❷ 他為過去所犯的錯誤而向神父**懺**悔。

辨析　「懺」讀【杉 caam3】，意指「悔悟」，是人的心理狀態，因
　　　此屬「心」部。「懺悔」就是指「悔過」。
　　　「讖」讀【摻 cam3】，是指預測吉凶的言論，因此屬「言」
　　　部。「一語成讖」是指一句無心的話，竟然變成預言，而且
　　　應驗。

## 256 鳳毛麟角 ✅　鳳毛鱗角 ❌

例句　❶ 像蘇東坡這樣多才多藝的大文豪，可謂**鳳毛麟角**。
　　　❷ **魚鱗**似的白雲漸漸消散，長空也變得越來越碧藍。

辨析　「鱗」是魚類或爬蟲類身體表面的薄片組織，故此屬「魚」部。
　　　「麟」屬「鹿」部，指的是「麒麟」這種神獸。「鳳毛麟角」
　　　表面指鳳凰的羽毛、麒麟的觸角，實際上比喻稀罕珍貴的人
　　　或物。

## 257 誨人不倦 ✅　悔人不倦 ❌

例句　❶ 孔子是個**誨人不倦**的教育家。
　　　❷ 你現在不努力學習，遲早會有**後悔**的一天。

辨析　「誨」的本義是「教誨」，後來引申為「誘使」，兩者都是需
　　　要「説話」的，因此屬「言」部。「誨人不倦」就是指耐心
　　　教導他人而不感到疲倦。
　　　「悔」的本義是「悔恨」、「後悔」，由於都是描述心理狀態，
　　　因此屬「心」部。

## 258 縝密 ✅　慎密 ❌

例句　❶ 這位學者不但學識豐富，而且心思**縝密**。
　　　❷ 他做任何事都小心**謹慎**，你大可以放心。

辨析　「縝」讀【診】，屬「糸」部，意思就是「仔細」、「細密」。
　　　「縝密」指的是「周密」、「細緻」。
　　　「慎」讀【腎】，意思就是「小心」，是描述人的心理狀態，
　　　因此部首是「心」。

## 259　不言而喻 ✓　不言而諭 ✗

例句　❶ 他考上心儀的大學，高興的心情自然是**不言而**喻。
　　　❷ 我敢帶兵馬包圍丞相府，自然是有聖上的**手**諭。

辨析　「喻」讀【預】，本義是「告知」、「開導」。由於需要開口，
　　　因此屬「口」部。後來引申為「知道」、「比喻」。「不言而喻」
　　　就是指不用說也會知道。
　　　「諭」本來指「告知」、「曉喻」。在這個意思上，後來更取
　　　代了「喻」。「諭」後來又指從上而下的命令，「手諭」就是
　　　長官親手下達給部屬的命令。


## 260　渴望 ✓　喝望 ✗

例句　❶ 同學們都渴望能過一個有趣的暑假。
　　　❷ 士兵喝令那個陌生人站住，並加以盤問。

辨析　「渴」的本義是「水乾涸」，因此屬「水」部，後來引申為「口
　　　渴」；口渴自然想不斷喝水，因此「渴」又指「急切」，「渴望」
　　　就是「極度盼望」。
　　　「喝」主要解作「飲」，所以屬「口」部；後來又指「大聲呼
　　　喊」，「喝令」就是「大聲命令」。


## 261　榴槤 ✓　榴蓮 ✗

例句　❶ **榴**槤是一種讓人又愛又恨的食物。
　　　❷ 她就像一朵出淤泥而不染的蓮花。

辨析　「蓮」屬「艸」部，「艸」與花草樹木有關。「蓮」就是「蓮
　　　花」，也有說是「荷花」的別稱。
　　　「槤」屬「木」部，本來指祭祀用的禮器，也指一種形似琵
　　　琶的樹，今天卻多用於「榴槤」一詞。「榴槤」也作「榴蓮」，
　　　不過一般以「榴槤」為正確寫法。

## 262　版本 ✅　　板本 ❌

例句　❶ 這個傳聞有着多個版本，到底哪一個才是真的？

　　　❷ 他獨居在板間房裏，生活環境很不好。

辨析　「板」本義是「木板」，因此屬「木」部，後來泛指各種材質的板。「板間房」就是用木板從大單位間隔成的多個小單位，居住環境狹窄。

　　　「版」屬「片」部，起初專指建築用的木板，後來表示印刷書刊圖畫的底本。「版本」就是同一本書所出現的不同形式，後泛用於其他事物。


## 263　不脛而走 ✅　　不徑而走 ❌

例句　❶ 儘管我們做了保密工作，消息卻還是**不脛**而走。

　　　❷ 走過一條**羊腸小徑**後，我們終於到達山頂。

辨析　「脛」讀【敬】，本義是「小腿」，故屬「肉」部，後來泛指「腳步」。「不脛而走」是指不用腿也能去到，比喻事物不用推廣，也能迅速傳播。

　　　「徑」屬「彳」部，強調「步行」，其本義是「小路」。「羊腸小徑」就是形容狹窄曲折的小路。


## 264　對峙 ✅　　對恃 ❌

例句　❶ 兩軍在此**對峙**已有數天了，還無法分出勝負。

　　　❷ 他的能力雖好，卻**恃才傲物**，不能從事團隊工作。

辨析　「峙」讀【似】，本指「對立」，就像兩座山峯面對面，因此屬「山」部。「對峙」是指雙方互相抗衡。

　　　「恃」同讀【似】，本指「依賴」、「依仗」，是一種心理狀態，因此屬「心」部。「恃才傲物」意指依仗自身有才幹而心生驕傲，目空一切。

# 23

從「喿」到「右文說」

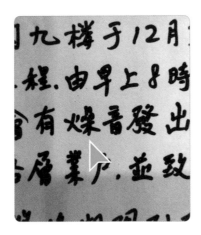

誤 燥音　　正 噪音

　　這張照片攝於某商廈的電梯大堂內：通告中的「燥」是別字，正字
應該屬「口」部，以表示源自嘴巴或其他器械的「噪」音。

　　「噪」最初寫作「喿」，同樣讀【噪】，
「𣎴」是它的金文寫法：下面的「木」是一棵
樹，上面的「品」狀似一羣雀鳥在張口鳴叫。
一羣雀鳥在樹上張口鳴叫，情景十分熱鬧（見
右圖），因此「喿」的本義就是「喧鬧」。後
來有人在「喿」的左邊加上偏旁「口」，另創
新字「噪」，來強調喧鬧的聲音來自嘴巴。

至於「燥」，它的部首是「火」，字義當然與火有關。「燥」的本義是「乾燥」，後來引申出「燥熱」、「枯燥」等新字義，可是都與「嘴巴」或「聲音」無關，因此照片裏的「『燥』音」是錯誤的，應該改回「『噪』音」。

其實，由部件「喿」組成的文字十分多，譬如：噪、燥、譟、躁。「噪」是指喧鬧；「燥」解作乾燥；「譟」解作大聲說話；「躁」則解作疾走、不冷靜。大家有沒有發現，本來解作喧鬧，帶有不安寧含義的部件「喿」，與「口」、「火」、「言」、「足」等部首結合後，就會衍生出嘴巴、大火、言語、雙腳「不得安寧」的意思呢？

這種有趣的現象稱為「右文說」。「右文說」由北宋的王聖美提出。他認為，有些形聲字右邊的部件不但能夠表示讀音，更能夠表示字義。這些部件與不同的部首結合後，就衍生出一系列具有共同意義的形聲字。譬如「喿」帶有「不安寧」之意，因而衍生出「噪」、「燥」、「譟」、「躁」等具備共同意義（不安寧）的字。類似的例子，還有由部件「戔」與「糸」、「歹」、「氵」、「貝」等部首結合而成的「綫」、「殘」、「淺」、「賤」等字，會在稍後跟大家細說。

# 文字辨析

## 265　距離 ✅　矩離 ❌

例句　❶ 距離考試只剩下一個星期，我們必須努力溫習。
　　　❷ 紅燈停，綠燈走，這是人人都必須遵守的規矩。

辨析　「距」本來指雞爪後方突出像腳趾的部分，故此屬「足」部，後來引申出「距離」、「相距」等字義。

　　　「矩」讀【舉】，屬「矢」部，是指畫方形的工具，也就是「曲尺」。後來連同「規」（圓規）組成「規矩」一詞，表示「法度」，或指言行端正老實。

## 266　搓揉 ✅　搓糅 ❌

例句　❶ 只要早晚堅持搓揉腳心，就能夠促進血液循環。
　　　❷ 這座法院糅合了中國、英國及希臘的建築特色。

辨析　「揉」本義是使木條彎曲或伸直，由於需要動手，因此屬「手」部，後來引申出「搓揉」等詞義。「搓揉」是指「摩擦」、「揉擦」。

　　　「糅」的本義是「摻雜」、「混合」，猶如將不同品種的白米混合在一起，故此屬「米」部。「糅合」就是指「混合」。

## 267　帳幕 ✅　賬幕 ❌

例句　❶ 夜像一張黑色的帳幕，把一切都籠罩在裏面。
　　　❷ 這個會計專業知識不足，把賬目搞得一塌糊塗。

辨析　「帳」本指「布幕」、「帷幕」，因此屬「巾」部。古代遊牧民族，一個帳幕一個家庭，是以帳幕為計算人口的單位，這就是「算帳」的本來意思。後來計算人口與經濟、金錢有關，因此在這個意思上，「帳」和「賬」相通，因此「帳目」也可以寫作「賬目」。

## 268　雕刻 ✅　凋刻 ❌

例句　❶ 他是一位雕刻家，出自他的作品都栩栩如生。
　　　❷ 嚴冬時節，只有松柏依然蒼翠，永不凋謝。

辨析　「雕」屬「隹」部，「隹」是指「雀鳥」，「雕」的本義就是「鷲」，也可以寫作「鵰」。「雕」後來指「雕刻」，而「鵰」則不能用於「雕刻」這意思。
　　　「凋」本指植物枯敗脫落。植物一般在冬天凋謝，因此「凋」屬「冫」部，「冫」表示與冰雪有關。

## 269　不藥而癒 ✅　不藥而愈 ❌

例句　❶ 整整昏迷了七天，叔叔最終竟然不藥而癒。
　　　❷ 春風像一枝彩筆，把景物勾勒得愈加豔麗。

辨析　「癒」讀【預】，屬「疒」（讀【牀】）部，與「病痛」有關，指「康復」、「病好」。
　　　「愈」同讀【預】，意指「更加」、「越發」，「愈加」就是「更加」。「愈」在古代也指「痊癒」，可是今天已不再使用，然而「愈」卻是「癒」的簡化字，因此二字經常被混淆。

## 270　叩頭 ✅　扣頭 ❌

例句　❶ 在清代，臣子必須向皇帝叩頭行禮。
　　　❷ 這衣服上的鈕扣設計真是別出心裁。

辨析　「叩」讀【扣】，右邊的部件「卩」就像個正在跪坐的人，向對方詢問，故本義就是「詢問」、「叩問」。後來引申為「叩頭」，指伏身跪拜、以頭敲地。
　　　「扣」屬「手」部，表示「牽住」、「拉住」，後來指「連結」，「鈕扣」就是扣住衣服的鈕子。

## 271　一決雌雄 ✅　一訣雌雄 ❌

例句　❶ 一山不能藏二虎，他倆一決雌雄，是早晚的事。

　　　❷ 我要負笈遊學，因而跟爸媽在機場訣別。

辨析　「決」的本義是打開缺口以疏通水道，因此屬「水」部。後來又指「判決」、「比較」。「一決雌雄」就是指「互相較量以決定勝敗」。

　　　「訣」的本義是「告別」，因為是需要說出口的，因此屬「言」部。


## 272　翰墨 ✅　瀚墨 ❌

例句　❶ 嚴嵩是一代奸臣，卻有着翰墨文章的成就。

　　　❷ 學海浩瀚無邊，大家不要稍有成就，就沾沾自喜。

辨析　「翰」的本義是「山雞」，故此屬「羽」部。有說古人以羽毛為毛筆，故此「翰」引申出「文筆」、「文章」等字義。「翰墨」就是指「文章」、「書法」。

　　　「瀚」的本義是「北海」，即俄羅斯的貝加爾湖，後來指「大沙漠」，又解作「廣大」。「浩瀚」就是指「廣大繁多」。


## 273　缺口 ✅　抉口 ❌

例句　❶ 村民一起拿起沙包，堵住了河堤的缺口。

　　　❷ 結婚是人生的一大抉擇，你要慎重考慮。

辨析　「缺」屬「缶」部，「缶」與器皿有關，因此「缺」的本義是器物破損，後來又指「空缺」、「缺口」、「缺失」等。

　　　「抉」本指「挑出」，故屬「手」部，後引申出「選取」、「挑選」等字義。「抉擇」就是「選擇」。

## 274　貨幣 ✅　　貨弊 ❌

例句　❶ 八達通是一種非常方便的電子**貨**幣。

❷ 真正的領導者必須擁有權衡事情**利**弊的能力。

辨析　「幣」屬「巾」部，本義是「布帛」，即絲織品。後來也指「貨物」及「貨幣」。

「弊」屬「廾」部，本義為「仆倒」、「放倒」，後來引申出「敗壞」、「衰落」、「低劣」等字義，再引申出名詞「弊病」。「利弊」就是好處和壞處。

## 275　麵包 ✅　　麵飽 ❌

例句　❶ 為了省錢，他寧願每天吃**麵**包做午餐。

❷ 他雖然飽**讀詩書**，卻是個欠缺品德的人。

辨析　「包」的字形好像一個胎兒，因此本義是「胞胎」，後來又指「包圍」，以及內有餡料的「包子」，後來西式的麵包一樣寫作「包」。

「飽」的本義是「吃足」，因此屬「食」部，後來泛指物質和精神上的各種滿足。「飽讀詩書」是指讀過很多書，很有學問。

## 276　孿生 ✅　　變生 ❌

例句　❶ 他們是孿**生**兄弟，性格卻是差天共地。

❷ 前燕的君主慕容沖亡國後，淪為苻堅的孌**童**。

辨析　「孿」讀【聯】，本義是「雙胞胎」，故此部首是「子」。

「孌」讀【戀】或【lyun5】，屬「女」部，本義是愛慕、思慕。「孌童」就是古代供人狎玩的美男子。

## 24 時、空合一的「厤」

誤 年歷卡　正 年曆卡

使用繁、簡轉換系統真的很方便，點擊一下，就可以將兩種文字互換，不過也有出錯的時候。譬如「歷」和「曆」都可以簡化為「历」，可是繁簡轉換時，「历」卻一律只轉為「歷」，因而出現上面圖片裏「年『歷』卡」這個不倫不類的詞語。實際上，「年曆卡」才是正確寫法，因為「曆」帶有「時間上的經歷」之意。

「歷」和「曆」不但讀音相同，而且字形相近，就連起源也是同出一轍的。我們先說說「歷」字。

《說文解字》說：「歷，過也。從止，厤聲。」它的甲骨文寫法是「𣌭」，由「秝」和「止」組成。「止」是腳掌；「秝」同樣讀【力】，所指

的是排得整整齊齊、疏密有致的禾稻。在禾稻旁邊出現腳掌，意指在禾稻旁邊走過，因此它的本義就是「經過」，後來引申為「經歷」。

後來，有人在「秝」和「止」的上面，加上部件「厂」，另創「歷」字。「厂」讀【漢】，指的是岩石、山崖，有人說這個部件是用來強調禾稻的位置，也有人說這個部件是多餘的。不過無論如何，由「厂」、「秝」、「止」結合而成的寫法，在金文時代已經確立，並且沿用到今日。

剛才提到，「秝」是指疏密有致的禾稻。在旁邊行走，禾稻自然會有規律地出現。後人於是根據「有規律地出現」這個概念，從空間引申到時間層面，另創由「厂」、「秝」、「日」三個部件組成的「曆」，來說明四季有規律地出現，因此「曆」的本義就是「曆法」。

「秝」讀【力】，是「歷」和「曆」的共同部件，而「止」和「日」這兩個部首，則表明字義上的空間（止）以及時間（日）的分別。然而，它們的簡化字卻只保留了部件「厂」，然後用「力」這個毫無關係的字作為聲符。用「历」來同時表示「歷」和「曆」，看似是一石二鳥的聰明做法，可是不但產生了日後的別字問題，更是摧毀了先民造字的心思，這是值得我們引以為戒的。

# 文字辨析

## 277　編**輯** ✅　　編**緝** ❌

例句　❶ 這位**編輯**自作聰明，刪改了作者原稿的精華部分。

　　　❷ 這個**通緝**犯再怎麼神通廣大，也難逃法網。

辨析　「輯」屬「車」部，本義是「車廂」，也有説是「聚集」，後來也指「搜錄後整理」。「編輯」的意思就是指將文章收集、鑑別、整理、排列和組織，後來也指負責編輯工作的人。

　　　「緝」屬「糸」部，本義是「將麻捻搓成線」，後來也指「搜捕」、「捉拿」。「通緝」是指法院或警方通令各地方捉拿在逃的犯人。

## 278　閒**暇** ✅　　閒**瑕** ❌

例句　❶ 暑假到了，老師和同學們總算有了一些**閒暇**。

　　　❷ 唯一沒有**瑕疵**的作家是那些從不寫作的人。

辨析　「暇」讀【霞】，屬「日」部，與太陽、時間有關，本義是空閒的時間。「閒暇」即此意。

　　　「瑕」同讀【霞】，屬「玉」部，本義是紅色的玉石，後指玉上的斑點，繼而引申為人的缺失。

## 279　現**象** ✅　　現**像** ❌

例句　❶ 對於弱肉強食的**現象**，我們不能坐視不理。

　　　❷ 小欣是素描愛好者，所繪畫的人物**肖像**很傳神。

辨析　「象」的本義就是大象，韓非在《韓非子》中認為北方人憑着大象的骨頭想像其形狀，故此將「想像」稱為「象」，這意思後來才用「像」來表示。「象」又指「形狀」、「情況」、「狀態」，如：「景象」、「現象」、「氣象」。

　　　「像」屬「人」部，本義是「好像」、「想像」，後來又指「肖像」。

## 280　作響 ✅　作嚮 ❌

例句　❶ 風吹動着河邊老樹，枯黃的樹葉沙沙**作響**。
　　　❷ 登山時，一定要請一位熟悉山路的**嚮導**帶路。

辨析　「響」讀【享】，本指「回聲」，因此屬「音」部，後來泛指「聲音」，也可以用作動詞，表示「發出聲音」、「影響」等。「作響」就是指「發出聲響」。
　　　「嚮」讀【向】，屬「口」部，本義是「相對」、「相向」，後來指「面向」、「傾向」、「引導」。「嚮導」既可指「帶路」，也可以指「帶路的人」。

## 281　鬆弛 ✅　鬆馳 ❌

例句　❶ 考試一結束，我馬上到球場打球，**鬆弛**一下神經。
　　　❷ 一羣駿馬在廣闊的草原上**奔馳**。

辨析　「馳」的本義就是「馬匹快跑」，因此屬「馬」部。「奔馳」的意思是「快速地奔跑」。
　　　「弛」的本義是「放鬆弓弦」，因此屬「弓」部，後引申為「放鬆」、「延緩」、「廢除」等。「鬆弛」就是指「放輕鬆」。

## 282　散佚 ✅　散軼 ❌

例句　❶ 這位詩人的作品甚多，可是大多已經**散佚**。
　　　❷ 他說了一則**軼聞**作為演講的引子。

辨析　「佚」讀【日】，本義是「退隱之人」，因此屬「人」部。後來又指「逃亡」、「散失」。「散佚」就是指「散失」。
　　　「軼」本來指「超越」，後來指「散失」，與「佚」相通，但「散佚」不可以寫作「散軼」。

## 283 扁桃腺 ✅　　扁桃線 ❌

**例句**　❶ 弟弟發高燒，原來是患上**扁桃腺**發炎。

　　　　❷ 我們又開闢了一條登山的新**路線**。

**辨析**　「線」的本義是用棉、毛、絲等材料製成的細縷，故此屬「糸」部，後來泛指細長如線的東西。「路線」就是前往某個地方的路徑。

　　　　「腺」的本義是動物分泌出化學物質的身體構造，因此屬「肉」部，譬如：汗腺、乳腺、扁桃腺。


## 284 徹底 ✅　　撤底 ❌

**例句**　❶ 外出以後，大家要把衣物**徹**底消毒。

　　　　❷ 司馬懿擔心諸葛亮埋下了伏兵，唯有急急**撤退**。

**辨析**　「徹」的本義是「撤除」，後來解作「貫通」。至於「徹底」就是解作「通透到底」。

　　　　「撤」的本義是「除去」、「消除」，故此屬「手」部。「撤退」是指放棄陣地或佔領地區。


## 285 重蹈覆轍 ✅　　重蹈覆澈 ❌

**例句**　❶ 我們要從錯誤中汲取教訓，不要**重蹈覆**轍。

　　　　❷ 我們在**清**澈的海水中暢快地游泳。

**辨析**　「轍」本來指車輪碾過的痕跡，因此屬「車」部。「重蹈覆轍」指重新走上翻過車的舊路，後比喻不能汲取教訓，再犯同一錯誤。

　　　　「澈」本來是指水十分乾淨，因此屬「水」部。「清澈」就是指水乾淨、澄清。

## 286　通**宵**達旦 ✅　　通**霄**達旦 ❌

例句　❶ 為了考得第一，他通**宵**達旦地溫習，卻適得其反。

　　　❷ 一座座巍峨的高山拔地而起，直插**雲霄**。

辨析　「宵」屬「宀」部，本義是月光減退，後來引申為「晚上」。「通宵達旦」就是指「一整夜到天亮」。

　　　「霄」的本義是「天空」，天空裏有雲朵，故此部首是「雨」，「雲霄」就是「天際」。臺灣苗栗有地方名叫「通霄」，就是因當地虎頭山高聳入雲霄而得名。

## 287　**凶**多吉少 ✅　　**兇**多吉少 ❌

例句　❶ 我看他的病**凶**多吉少，你們還是準備後事吧！

　　　❷ **兇殘**的敵人屠殺了數以千計手無寸鐵的無辜百姓。

辨析　「凶」的部件「凵」表示陷阱，「乂」表示陷阱裏的沙石。「凶」的本義就是「陷阱」，後引申出「災禍」、「不吉利」等意思。「兇」屬「儿」部，指的是「人」。因此「兇」一般多用來形容人，譬如「兇惡」、「兇殘」等。

## 288　**妨**礙 ✅　　**防**礙 ❌

例句　❶ 請你不要在圖書館裏叫嚷，以免**妨**礙別人看書。

　　　❷ 只有在山坡上大量植樹種草，才能**防止**水土流失。

辨析　「妨」屬「女」部，本義是「損害」，後來引申出「阻礙」等意思。「妨礙」相當於「阻礙」，意指「使事情不能順利進行」。「防」屬「阜」部，本義是「堤壩」，後來引申出「堵塞」、「防備」、「阻止」等意思。「防止」就是「預先阻止事情發生」。

# 「字」測加油站（五）

選出括號裏適當的文字，把答案圈起來。

1. 不少香港人都十分（響／嚮）往到臺灣居住。

2. 擅長畫畫的哥哥替我畫了一幅人（象／像）素描。

3. 爸爸處事張（弛／馳）有道，因此深得老闆的信任。

4. 身陷囹圄後，他為以前的所作所為而（懺／讖）悔。

5. 他說的話前後（矛／茅）盾，充滿了疑點和邏輯謬誤。

6. 警方遲遲未能查出真相，讓（凶／兇）手一直逍遙法外。

7. 他傷心過度，精神（恍／晃）惚，對任何事都沒有反應。

8. 經理助理這個職位無人能夠勝任，因而一直空（缺／訣）。

9. 疫情肆虐，市民都不敢上街消費，導致百業（雕／凋）敝。

10. 這個祕（密／蜜）我一直藏在心裏，從未對其他人說過。

11. 這件首飾價值不（菲／匪），大家搬運時要打醒十二分精神。

12. 律師在法庭上極力抗辯，為的是（悍／捍）衛當事人的利益。

13. 明天就是總決賽了，哥哥整夜（抗／亢）奮，完全睡不着覺。

14. 談判破裂後，雙方代表都（惱／腦）羞成怒地互相攻擊對方。

15. 插班生美兒刻苦學習，希望縮短與同學之間的差（距／矩）。

下列各句都有一個別字，請把它圈起來，並在橫線上改正。

16. 這支軍隊所向披糜，戰無不勝。 ＿＿＿＿＿

17. 「孔明借箭」是家諭戶曉的歷史故事。 ＿＿＿＿＿

18. 大霧籠罩着山頂，讓人仿彿身處仙境。 ＿＿＿＿＿

19. 要是你怕冷的話，外出時不防多拿一件外衣。 ＿＿＿＿＿

20. 這條小溪清撤見底，連水中小魚也清晰可見。 ＿＿＿＿＿

21. 商店櫥窗內陳列了各種飭物，叫人眼花繚亂。 ＿＿＿＿＿

22. 這座宏偉的建築謹用了一年的時間建成。 ＿＿＿＿＿

23. 老師請我們數數自己的作文裏有多小個錯別字。 ＿＿＿＿＿

24. 他的行縱飄忽，根本沒有人知道他的匿藏之處。 ＿＿＿＿＿

25. 看着拾荒的老人步履蹣姍地走過，實在令人心酸。 ＿＿＿＿＿

26. 春秋時代，許多諸侯峙強凌弱，吞併了許多小國。 ＿＿＿＿＿

27. 老闆每天不是開會，便是見客戶，總是分身不瑕。 ＿＿＿＿＿

28. 妹妹每次經過麪飽店，都被精美的蛋糕深深吸引着。 ＿＿＿＿＿

29. 這場演唱會非常受歡迎，所有門票一瞬間就售罄了。 ＿＿＿＿＿

30. 哥哥的夢想是當飛機師，因為他喜歡在雲宵上翱翔。 ＿＿＿＿＿

# 25　一筆之差的「侯」與「候」

誤 喉　　正 喉

　　「喉」是形聲字，左邊部件「口」是部首，右邊部件「侯」是聲符，讀【猴】。圖中用箭頭標示的字是錯字，因為只有「侯」才可以與其他部首結合，成為新字，譬如：喉（口）、猴（犭）、緱（糸）、鍭（金）等，而「候」卻不可以。

　　「侯」和「候」的讀音相似，字形極為相近，只是一個「｜」畫之差。到底這兩個字的字形是怎樣演變的？而這個「｜」畫又是怎樣出現的？

「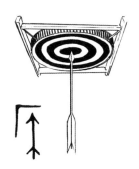」是「侯」的甲骨文寫法，「」則是金文寫法，都形象地描繪了箭頭射中在箭靶之上（見右圖）——「侯」的本義就是「箭靶」。

　　周天子會舉行定期的祭祀。每次祭祀前，天子都會舉行「大射禮」。「大射禮」是選拔活動——在數以百計的諸侯當中，選出能夠參與天子祭祀的幸運兒，而選拔方式就是射箭。射中「侯」（箭靶）的次數越多，能夠參與祭祀的機會就越大；參與祭祀的次數越多，得到的獎勵就會越豐厚，而獎勵就是封地。封地越多，諸侯的爵位就越高。可見，射中「箭靶」次數的多寡，與諸侯爵位的高低有直接關係，因此，「侯」就從本義「箭靶」引申出新的字義——諸侯。

　　後來「」寫作「矦」，但依然不是今天「侯」的寫法。直到秦漢時，人們為了書寫方便，於是創造了隸書。「矦」字的筆畫也因而出現了變化：部件「𠂇」和「厂」的「丿」畫分別被分離了出來，並合併為「亻」部，餘下筆畫不變，因而寫成「侯」。

　　至於「候」，它的本義是「偵察」，後引申為「觀察」、「等候」。「候」起初由「人」和「矦」組成，即寫作「倏」。後來，為免與「侯」字混淆，人們於是在「人」、「矦」之間加上「丨」畫，將「倏」改寫成「候」，也就是今天的寫法了。

# 文字辨析

## 289　燦爛 ✅　璨爛 ❌

例句　❶ 仰望**燦**爛的星空，我的腦海裏充滿了美麗的遐想。

　　　❷ 入夜後，彌敦道沿途華燈**璀**璨，車水馬龍。

辨析　「燦」屬「火」部，本來指「光彩鮮明耀眼」。「燦爛」就是
　　　形容事物「光彩美麗」或「卓越顯著」。
　　　「璨」本來指「玉的光澤」，故此屬「玉」部。「璀璨」就是
　　　「光明燦爛」。「燦」、「璨」字義相近，可是一般只能寫作「燦
　　　爛」、「璀璨」，不能混淆。

## 290　樞紐 ✅　樞鈕 ❌

例句　❶ 中環是多條港鐵路線的重要**樞**紐。

　　　❷ 清潔員工會定期消毒升降機裏的**按**鈕。

辨析　「紐」的本義是「打結」，與繩子有關，故屬「糸」部，後來
　　　引申出「關鍵」的意思。「樞紐」就是指事物最為重要的部分。
　　　「鈕」的本義是「印鼻」，也就是印章上方凸起來的雕飾，後
　　　來引申為「鈕扣」、「按鈕」等。

## 291　模型 ✅　模形 ❌

例句　❶ 男孩們聚精會神地製作飛機**模**型。

　　　❷ 爺爺用樹根雕刻成的天鵝，**外**形十分逼真。

辨析　「形」的部首是「彡」，意指事物的影子，因此「形」的本義
　　　是事物的「形體」、「外形」。
　　　「型」的本義是「法度」、「準則」，後引申出「模具」、「模型」
　　　等字義。「形」和「型」的分別，大抵前者多用於平面事物，
　　　如「形狀」等；後者多用於立體的事物，如「模型」等。

## 292 真諦 ✅ 真締 ❌

例句　❶ 只有認真的去愛一個人，才能體會愛的**真**諦。
　　　❷ 這兩個國家**締**結了姻親關係。

辨析　「諦」屬「言」部，本義是「細察」，後來表示「真理」。「真諦」就是「真實的意義」。
　　　「締」屬「糸」部，與「繩子」有關，本義是「繩結解不開」，後來引申出「訂立」、「取締」等意思。「締結」多用於訂立盟約、婚姻關係等。

## 293 緊緻 ✅ 緊致 ❌

例句　❶ 這瓶爽膚水可以讓皮膚變得**緊**緻。
　　　❷ 長期食用過多高熱量食物，會**導**致肥胖。

辨析　「緻」的本義是「細密」，後來引申為「精美」。「緊緻」就是指皮膚不鬆弛，而且毛孔細密。
　　　「致」的本義是「致送」、「送到」，後來引申出「達到」、「盡力」等意思。「導致」的意思就是「促成」、「引起」。

## 294 致送 ✅ 至送 ❌

例句　❶ 典禮結束前，校方向嘉賓致**送**錦旗。
　　　❷ **至**於你，你應該感到慚愧。

辨析　「致」的本義是「致送」、「送到」，後來引申出「達到」、「盡力」等意思。
　　　「至」的本義是「到達」，後來解作「最」。「至於」相當於「提起」、「講到」。

## 295 窗簾 ✅   窗廉 ❌

例句 ❶ 清晨起牀，拉開**窗簾**，一縷明媚的陽光照進屋裏。

❷ **廉**政公署一直是香港人引以為傲的**廉潔**象徵。

辨析 「廉」屬「广」部，與房屋有關，本義是「堂屋的側邊」，後來被借用，表示「廉潔」、「廉宜」等。

「簾」屬「竹」部，本義是以竹片製成的遮蔽門窗的用具，也就是「窗簾」。

## 296 惻隱 ✅   測隱 ❌

例句 ❶ 他把事情做得太絕了，一點**惻**隱之心也沒有。

❷ 同學們在學校的小小氣象站裏**測**量氣溫。

辨析 「惻」的本義是「悲痛」，因此屬「心」部。「惻隱之心」是指見人遭遇不幸，而生出不忍、同情之心。

「測」的本義是指河流、大海的水深，後來引申為「測量」，再衍生出「測驗」等字義。「測量」就是指使用儀器來測定事物的速度、長度等。

## 297 倒戈相向 ✅   到戈相向 ❌

例句 ❶ 原來他是奸細，怪不得最終**倒**戈相向了！

❷ 前往紅磡的列車即將**到**達。

辨析 「倒」是多音字，讀【到 dou3】時，指事物的上下、前後對調；讀【島 dou2】時，則是指人或豎立的物體橫躺下來，「跌倒」解作因失足而摔在地上，「倒戈相向」是指矛頭從對外轉為對內，意指內訌。

「到」只讀【dou3】，解作「到達」、「前往」。

## 298 車廂 ✅  車箱 ❌

例句 ❶ 在港鐵**車**廂裏，乘客不可以飲食及吸煙。

❷ 他在機場遺失了**行李**箱，只好馬上報警。

辨析 「廂」屬「广」部，與房屋有關，指正屋兩側的房間。「車廂」
本來是「車箱」，後來才寫作「車廂」，表示其好像房間一
樣，可以用來承載乘客或貨物。

「箱」屬「竹」部，是以竹子製成、用來收納東西的器具。

## 299 熒光幕 ✅  螢光幕 ❌

例句 ❶ 電視機的熒**光幕**壞了，一點畫像也沒有。

❷ 閃閃的星星好像一隻隻飛到天上的螢**火蟲**。

辨析 「熒」本指火炬相交，發出火光，因此屬「火」部。「熒光
幕」、「熒光筆」等都可以發光，因此應該寫作「熒」。

「螢」所指的是「螢火蟲」，因此屬「虫」部。雖然螢火蟲的
尾部也能發光，可是一般不與「熒」通用。

## 300 旅遊 ✅  旅游 ❌

例句 ❶ 香港是著名的**旅**遊城市，每年接待極多訪客。

❷ 由於河流決堤，下游地區因而泛濫成災。

辨析 「遊」屬「辵」部，表示「行走」，「斿」像一個孩子手執旗
子出遊。「遊」的本義就是「出遊」、「遊覽」，後來引申出「遊
說」、「遊蕩」等意思。

「游」的本義是「游泳」，因此屬「水」部，後來比喻像流
水一樣不定，如「氣若游絲」；也指河流的段落，例如「上
游」、「下游」。

誤 高梁　　正 高粱

　　上圖的英文「Sorghum」解作「高粱」，是一種可以作糧食或釀酒用的穀物。因此，價錢牌上的「梁」應該寫作「粱」，兩者的分別在於下方的部件──前者屬「木」部，後者屬「米」部。

　　米，在今天專指「稻米」，在古代卻是泛指農作物的顆粒。屬「米」部的字多與農作物有關，譬如「粥」就是用稻米煮成的稀飯，「粉」就是用穀物製成的粉末，「糕」就是用穀物製成的糕點。「粱」是農作物，自然屬「米」部。

　　至於「梁」，部首是「木」，本義是「橋」。「𣲷」是它的金文寫法，由「水」和「刅」組成。「刅」是「創」最初的寫法，本指創傷，古人把

它理解為「砍伐」，意指砍伐樹木，然後把樹幹架在河流上，作為木橋，讓人過河。為了強調用樹木搭建，後人於是在下方加上「木」，成為今天的「梁」。

由於「橋梁」架在河流兩邊的岸上，因此後人把它引申為樓房裏的「橫梁」——架在兩邊的柱子上，用來支撐屋頂的橫木。譬如「棟梁」一詞，既指支撐屋頂的建築部件，也比喻能擔當重任的人才；「梁」又引申為物體隆起的部分，如「鼻梁」、「脊梁」等；也用作地名（如「大梁」）、朝代名（如「後梁」）、姓氏（如「梁啟超」）等專有名詞。

為了加以區別，後人於是在「梁」的左邊加上偏旁「木」，另創新字「樑」，來表示河橋、橫木、隆起的部分等人工事物，即「橋樑」、「棟樑」、「鼻樑」；至於用作專有名詞的「梁」，則保留原有的寫法。在內地和臺灣，「樑」都是異體字；至於香港的《常用字字形表》，則「梁」、「樑」二分，原則與上相同，筆者認為這做法是非常合理的。

# 文字辨析

## 301 破<ins>釜</ins>沉舟 ✅　破斧沉舟 ❌

例句　❶ 事已至此，我們只好破<ins>釜</ins>沉舟，作最後一搏。
　　　❷ <ins>斧</ins>頭雖小，可是只要堅持下去，必能把大樹砍倒。

辨析　「釜」是金屬製的烹飪器具，相當於今天的「鍋」，故此屬「金」部。「破釜沉舟」原指項羽打破飯鍋、弄沉渡船，以斷絕士兵後退的念頭，後引申為做事果決、義無反顧。
　　　「斧」的部首是「斤」，「斤」的本義是「斧頭」，而「斧」的本義也就是「斧頭」。

## 302 <ins>殉</ins>國 ✅　詢國 ❌

例句　❶ 文天祥不肯向元朝投降，最終以身<ins>殉</ins>國。
　　　❷ 顧客可以到商場的<ins>詢</ins>問處了解優惠詳情。

辨析　「殉」的部首是「歹」，「歹」多與「死亡」有關。「殉」的本義是「用活人來陪葬」，後來引申出為某事而死的意思。「殉國」就是「為國家而死」。
　　　「詢」的本義是「徵求意見」、「請教」，由於需要開口發問，故此屬「言」部。

## 303 <ins>嫉</ins>妒 ✅　疾妒 ❌

例句　❶ 鋒芒畢露之人總是會招來別人的<ins>嫉</ins>妒。
　　　❷ 腮腺炎是一種兒童常見的<ins>疾</ins>病。

辨析　「疾」起初由「大」和「矢」組成，描繪了人（大）把箭（矢）射出的情形，意指非常快。「疾」的本義就是「快」，後來被借用來指「疾病」。
　　　「嫉」屬「女」部，本義是「妒忌」，後來又指「憎恨」。「憤世嫉俗」就是指對世俗不滿。

## 304 雷殛 ✓　雷極 ✗

例句　❶ 雷雨時，千萬不要躲在樹下，否則或會遭受雷殛。
　　　❷ 攝製隊將會深入極地探險。

辨析　「殛」讀【擊】，屬「歹」部，「歹」多與「死亡」有關。「殛」
　　　的本義就是「殺死」。「雷殛」就是指被雷電擊斃。
　　　「極」本指「正樑」，是房屋最高的一條橫樑，由此引申出
　　　「最高」、「極度」等意思。「極地」就是指南、北兩極圈內的
　　　地區。

## 305 兩個 ✓　倆個 ✗

例句　❶ 國會由「眾議院」和「參議院」兩個議院組成。
　　　❷ 夫妻倆經常衝突，最終離婚收場。

辨析　「兩」起初是指車子的部件，後來被借來表示「兩個」和
　　　「斤兩」。
　　　「倆」的基本義是「兩個」，因此「兩個」不能寫作「倆個」，
　　　否則語義重複。「倆」也解作「伎倆」或「技倆」，多指不正
　　　當的手段。

## 306 紓解 ✓　舒解 ✗

例句　❶ 政府決定每人發放一萬元，來紓解民困。
　　　❷ 今天天氣清涼，讓人感到十分舒適。

辨析　「舒」屬「舍」部，本義是「遲緩」、「從容」、「舒暢」。「舒
　　　適」就是指「舒服安適」。
　　　「紓」屬「糸」部，本義是「寬緩」、「緩和」、「排除」。「紓
　　　解民困」就是「解除民生的困苦」。

## 307 震撼 ✓　震憾 ✗

例句　❶ 好的電影應當具備**震撼**人心的藝術力量。

　　　❷ 爸爸不能上大學，至今想起來仍非常**遺憾**。

辨析　「撼」的本義是「搖動」，因此屬「手」部。「震撼」是指心
　　　靈受到強烈衝擊。
　　　「憾」的本義是「怨恨」、「不滿意」，因為是描述心理狀態，
　　　所以屬「心」部。「遺憾」是指「因無力補救的情況而引起
　　　的後悔」。

## 308 山峯 ✓　山蜂 ✗

例句　❶ 珠穆朗瑪**峯**是全世界最高的**山峯**。

　　　❷ 為了釀造香甜的**蜂蜜**，**蜜蜂**在花叢中一直忙着。

辨析　「峯」的本義是「山的頂端」，故屬「山」部。「珠穆朗瑪峯」
　　　是喜馬拉雅山的最高山峯，因此要寫作「峯」。
　　　「蜂」就是「蜜蜂」，是一種昆蟲，故屬「虫」部。

## 309 感慨 ✓　感概 ✗

例句　❶ 韓愈用《馬說》來抒發自己懷才不遇的**感慨**。

　　　❷ 我們對各種問題要作具體分析，不能**一概而論**。

辨析　「慨」的本義是「感歎」、「慨歎」，所描述的是心理狀態，
　　　因此屬「心」部。「感慨」就是指「心生感觸而發出慨歎」。
　　　「概」本來是一種木造的器具，在稱量穀物時用來刮平斗內
　　　的穀粒，故此屬「木」部。「概」因而引申出「準則」、「標準」
　　　的意思。「一概而論」就是指用同一標準看待不同的事物。

## 310 雄赳赳 ✅ 雄糾糾 ❌

例句 ❶ 這支銀樂隊一邊吹奏樂器，一邊雄赳赳地走過。

❷ 這兩棵榕樹的樹枝糾纏在一起，分不清彼此。

辨析 「赳」屬「走」部，一般重疊使用，「赳赳」是用來形容雄壯勇武的樣子。「雄赳赳」一般用來形容英勇無畏的氣質與狀態。

「糾」本來指繩子、絲線纏在一起，因此屬「糸」部。「糾纏」既可以指事物互相纏繞，也可以比喻事情讓人煩擾不休。

## 311 寒暄 ✅ 寒喧 ❌

例句 ❶ 回家途中遇到一位舊朋友，因而停下來寒暄幾句。

❷ 在龍舟競渡會場上，彩旗飛舞，鑼鼓喧天。

辨析 「暄」讀【圈】，本義是「溫暖」，故屬「日」部。「寒暄」是指與人碰面時，彼此泛談天氣寒暖之類的應酬話。

「喧」表示聲音大而嘈雜，故此屬「口」部。「鑼鼓喧天」是指敲鑼打鼓的聲音響徹雲霄，形容氣氛熱鬧非凡。

## 312 肺腑之言 ✅ 肺俯之言 ❌

例句 ❶ 這些都是我的肺腑之言，希望你能相信我。

❷ 在晴空塔的塔頂，大家可以俯瞰整個東京的面貌。

辨析 「腑」是人體器官的總稱，故此屬「肉」部。「肺腑之言」就是指發自內心的真話。

「俯」屬「人」部，本義是低頭彎腰向地。「俯瞰」就是指由高處向下看。

# 「拼」和「併」的有與無

海鮮併盤

誤 併盤　　正 拼盤

　　吃燒味，有叉雞雙拼；打邊爐，有海鮮拼盤，都是指將不同的食材湊合起來。不過，圖中的海報卻把「拼盤」誤寫作「併盤」。「拼」和「併」的共同部件是「并」，字形十分相似，字義也十分接近，都跟「連合」有關，卻有着些微的差別。

　　先說部件「并」。「并」有兩音，一讀【冰 bing1】，即「并州」，是山西太原的古稱；二讀【並 bing6】，正是其原本讀音。「并」是甲骨文的寫法，像兩個人前後跟從，並加上「二」這兩筆來強調字義。「并」的本義就是「跟從」，後來引申出「吞併」、「兼併」等意思。譬如在「中山

王鼎」上就刻有這句銘文:「吳人并越。」句中的「并」就是「吞併」的意思,指吳國吞併了越國。

為了強調吞併國家中「人」的角色,人們於是在「并」的左邊加上偏旁「亻」,另創新字「併」,依然解作「吞併」、「兼併」,讀音卻稍有不同,讀【柄 bing3】或【聘 ping3】。《史記‧秦本紀》說:「諸侯……爭相併。」就是指諸侯爭着互相兼併。

至於「拼」,粵音讀【乒 ping1】或【聘 ping3】,部首是「手」,強調用「手」將零星事物「拼湊」、「拼砌」、「拼合」起來。例如「拼圖」,就是一款將零散的小塊拼砌出原來圖案的遊戲;又例如「拼音」,就是由聲母、韻母、聲調拼合而成的讀音。

吳國吞「併」越國後,越國不見了,因為已經成為吳國的一部分;然而把叉燒、白切雞和白飯「拼」湊成叉雞飯後,這三種食材依然清晰可見。

可見,「拼」、「併」都有「連合」之意,可是「併」強調「合一」,原來的組件已經消失;「拼」強調「湊合」,原來的組件仍然可見。各種海鮮都放到盤中,可是魚、蝦、蟹、蜆等都依然清晰可見,故此寫作「『拼』盤」才是正確的。

# 文字辨析

### 313　蕭蕭班馬鳴 ✅　　蕭蕭斑馬鳴 ❌

例句　❶「蕭蕭班馬鳴」是李白《送友人》的最後一句。

　　　❷ 大家要在斑馬線上橫過馬路，避免被車撞倒。

辨析　「班」由「刀」和「玨」組成，表示用刀把玉一分為二，本義是切開玉塊，後引申為「分開」。「班馬」是指離羣的馬，比喻要離開李白的友人。

　　　「斑」的部首是「文」。「文」是「花紋」原本的寫法，因此「斑」的本義就是「花紋」。「斑馬線」就是帶有黑白相間花紋的行人過路設施。

### 314　博學 ✅　　搏學 ❌

例句　❶ 他是一位年輕有為、博學多才的學者。

　　　❷ 許多殘疾人士都擁有頑強拼搏的精神。

辨析　「博」是「搏」的最初寫法，後來被借用，來表示廣博的「博」或博奕的「博」，本義也因而消失。「博學」就是指學識廣博。

　　　「博」的本義是「打鬥」，可是本義消失了，後人因而另造新字「搏」，來表示「打鬥」、「對打」的意思。「拼搏」是指「盡全力爭取」。

### 315　蕭條 ✅　　簫條 ❌

例句　❶ 經濟不景，百業蕭條，不少公司都裁減人手。

　　　❷ 鄧麗君的歌聲娓娓動聽，就像春夜裏吹奏的洞簫。

辨析　「蕭」本指「香蒿」，是一種植物，故屬「艸」部。後來又指「冷落」，「蕭條」特別指經濟不景氣。

　　　「簫」是一種吹管樂器，用竹子製成，故屬「竹」部。「洞簫」是「簫」的其中一種。

## 316　蒸餾水 ✅　　蒸溜水 ❌

例句　❶ **蒸餾**水是不含有雜質或細菌的水，可以安心飲用。
　　　❷ 雨點把荷葉當成天然溜**冰場**，在上面自由滾動。

辨析　「餾」讀【漏】，本義是「蒸煮」，故屬「食」部。「蒸餾」
　　　是一種科學提煉的方法，藉此除去雜質，取得較純正、潔淨
　　　的液體。
　　　「溜」同讀【漏】，本義是「潭水」，故屬「水」部，後來又
　　　指「流利」、「滑動」、「偷偷地走」。「溜冰」是一種要穿上
　　　特製冰鞋，在冰上滑行的運動。

## 317　跆拳道 ✅　　抬拳道 ❌

例句　❶ 跆**拳道**是韓國的國術，深受世界各地人士歡迎。
　　　❷ 童年就像雨後彩虹，可以抬**頭**仰望，卻遙不可及。

辨析　「跆」的本意思是「腳踢」，故此屬「足」部。「跆拳道」是
　　　一種拳術，但同時着重腳部的動作，因此「跆」不能寫作
　　　「抬」。
　　　「抬」的本義是「舉起」，故屬「手」部。「抬頭」就是「舉
　　　起頭來」。

## 318　下榻 ✅　　下塌 ❌

例句　❶ 我們先到酒店登記和下榻，然後才外出遊玩。
　　　❷ 隨着一聲巨響，那座戰前唐樓轟然倒塌。

辨析　「榻」讀【塔】，屬「木」部，指「矮牀」。「下榻」本指放
　　　下矮牀，招待客人，後來借指「投宿」。
　　　「塌」同讀【塔】，屬「土」部，指「倒下來」。「倒塌」一
　　　般指山坡、建築物傾倒、塌下來。

## 319  輻射 ✅   幅射 ❌

例句　❶ 切爾諾貝爾核**輻**射洩漏事故，導致當地死傷無數。
　　　❷ 由於疫情影響，列車班次已經大**幅**度減少。

辨析　「輻」，本來是指古代車輪從中心連接輪框的木條，故此屬「車」部。由於是從中心向四周散發出去的，因此後人就用「輻」來描述粒子的能量從中心向四周發射——也就是「輻射」了。
　　　「幅」屬「巾」部，本義為布匹的寬度，後來指事物的寬度。「幅度」是指事物變動的範圍。


## 320  獲得 ✅   穫得 ❌

例句　❶ 比賽勝出者可以**獲**得巨額獎金。
　　　❷ 今年天氣溫和，因此農作物的**收穫**也比去年豐富。

辨析　「獲」起初寫作「隻」：「隹」是鳥，「又」是手，意指用手捉住雀鳥，表示捕得獵物。後來才加上「艸」及「犭」兩個部件，來表示動詞「捕獲」。
　　　「穫」從「禾」部，起初指收割禾稻，後來轉化為名詞，指農作物的收成。


## 321  二氧化碳 ✅   二氧化炭 ❌

例句　❶ 樹木在進行光合作用時，可以吸收**二氧化**碳。
　　　❷ 石油和**煤炭**都是不可再生能源。

辨析　「炭」本義是指人在山間焚燒樹木，來製作木炭。故此屬「火」部。
　　　「碳」是一種化學元素，在大自然裏多存在於鑽石、石墨等礦物中，故此從「石」部。「二氧化碳」是一種溫室氣體。

## 322　一見鍾情 ✓　一見鐘情 ✗

例句　❶ 他們**一見**鍾**情**，不久更共諧連理，結為夫婦。

　　　❷ 法國作家拉伯雷説過：「肚子是最準確的**時**鐘。」

辨析　「鍾」本是一種酒器。酒器用來盛載酒水，因此引申出「聚集」的意思，後根據「傾注酒水」引申出「專注」的意思。「鍾情」就是指用情專一。

　　　「鐘」本是一種敲擊樂器，後來又指懸掛在寺廟、具報時功能的大鐘。因此現代機械鐘傳入中國後，人們就稱之為「時鐘」。

## 323　鋌而走險 ✓　挺而走險 ✗

例句　❶ 百姓決定鋌**而走險**，紛紛起義，與暴秦對抗。

　　　❷ 她希望有人能挺**身而出**，教訓這個無賴。

辨析　「鋌」本指未經冶煉的銅鐵，後來指走得很快。「鋌而走險」是指受逼迫時採取冒險的行動。

　　　「挺」本指「拔出」，因此屬「手」部，後來又解作「撐直」。「挺身而出」就是遇到危難時，挺起胸膛，勇敢地走出來，擔當重任。

## 324　槍炮 ✓　槍泡 ✗

例句　❶ 他一旦堅持起來，即使是**槍**炮也改變不了他。

　　　❷ 飲用蜂蜜浸泡蘿蔔的汁來醫治咳嗽，是民間偏方。

辨析　「炮」本來是一種烹調方法。「砲」是古代用來發射石彈的機械，後來因為火藥的應用，「砲」因而被寫作「炮」。

　　　「泡」本來是河流名稱，後來指「水泡」。水泡是浮在水上的，因此「泡」後來又指「浸泡」。

# 28　及「第」粥的傳說

誤 及弟粥　　正 及第粥

及第粥，是在綿滑的粥底裏，加入豬肉丸、豬粉腸、豬肝等材料的粥品，在粥店裏極為常見。圖中餐牌上的「弟」是別字，應該寫作「第」。雖然說「弟」在這裏是「第」的別字，可是「弟」和「第」本身卻是十分有淵源的。

「𢎨」是「弟」的甲骨文寫法，當中的「丨」是「必」。「必」的本義是「戈」這種武器的木柄，圍繞着「必」的，是一條繩子。有學者認為，「弟」描繪了繩索纏繞戈柄的形態。用繩索圍繞並綁緊一捆戈柄，不但整齊，而且很有「次序」，因此「弟」的本義就是「次序」。

戈柄有「次序」地排列，就像家中的兄弟會根據年齡，有「次序」的排列輩分，因此「弟」後來引申出「弟弟」的新字義，並被廣泛使用。「弟」的本義（次序）逐漸被遺忘，因此有人在「弟」的上邊加上「⺮」部，另造新字「第」，來表示「次序」。

「第」可用在數詞之前，來表示次序或等級，如「第一」、「第二」；也可以指「科第」，即科舉榜上的名次。如果有人在科舉中試，會被稱為「及第」。「及」解作「達到」，「及第」就是指應試中選，榜上有名次。在隋、唐時期，但凡考中進士的，都稱為「及第」；到明、清時期，只有在殿試中考中一甲三名的，即狀元、榜眼、探花，才可以獲得「進士及第」的稱號。

那麼「及第粥」與考中科舉有甚麼關係呢？明朝的廣東才子倫文敘是佛山人，相傳他年輕時客居廣州，以賣菜為生，家境貧窮。隔壁的粥販欣賞他的文才，於是每日中午，以買菜為名，請倫文敘送菜到其家中，粥販就以豬肉丸、豬粉腸、豬肝生滾的白粥作回報。後來倫文敘狀元及第，卻無忘昔日粥販贈粥之恩，於是特意重遊舊地，品嘗老闆當年贈予的那碗無名之粥，更替這款粥起名「及第」。「及第粥」之名，由此就傳遍整個廣州了。

因此，儘管「弟」、「第」互有關聯，可是「及『第』粥」才是正確的寫法。

# 文字辨析

## 325 佳餚 ✓　佳淆 ✗

例句　❶ 錢能買到美味的**佳餚**，卻買不到健康的胃口。
　　　❷ 同學們經常**混淆**「遊」、「游」兩個字的用法。

辨析　「餚」本寫作「肴」，指煮熟的肉，亦泛指魚肉之類的葷菜，
　　　因此屬「肉」部。後來才加上「食」部，泛指餸菜。「佳餚」
　　　就是美味的餸菜。
　　　「混」屬「水」部，表示「混亂」、「混雜」。「混淆」是指擾
　　　亂事物或觀念，使人無法分辨。

## 326 青睞 ✓　青來 ✗

例句　❶ 近兩年，高解像度的手機備受消費者**青睞**。
　　　❷ 媽媽熱情地招待**前來**家訪的老師。

辨析　「睞」讀【來】，指的是「眼睛」，故屬「目」部。「青睞」
　　　源於「青眼」的典故，指人正視對方時，黑（青）色的眼珠
　　　在中間，後以「青眼」、「青睞」表示喜愛或看重。
　　　「來」的本義是「麥」，後來被借用，解作「來往」的「來」，
　　　也就是「從其他地方移到這裏」。

## 327 木訥 ✓　木納 ✗

例句　❶ 他生性**木訥**，並非口若懸河、能言善辯的人。
　　　❷ 當局表示會**接納**市民的建言。

辨析　「訥」讀【納 naap6】，本義是「語言遲鈍」，故此屬「言」部。
　　　「木訥」是指人像木頭一樣無趣，不懂說話。
　　　「納」屬「糸」部，本義是「進入」，「接納」就是指「接受」。

## 328  刀俎 ✅   刀阻 ❌

例句  ❶「人為**刀俎**，我為魚肉」，我們沒有話事權了。

    ❷ 有時，<u>阻</u>**礙**我們成功的，不是能力，而是心態。

辨析  「俎」讀【左】，本義是切肉用的砧板。「刀俎」指肉刀和砧板，比喻宰割者或迫害者。「人為刀俎，我為魚肉」比喻自己處於任人擺佈的境況。

    「阻」屬「阜」部，跟「土山」有關。「阻」是指阻礙前行的障礙物。「阻礙」是指「阻擋」、「妨礙」前行或發展。

## 329  前倨後恭 ✅   前踞後恭 ❌

例句  ❶ 我當上經理後，他那**前**倨**後恭**的態度，令人憎惡。

    ❷ **盤**踞在山上的土匪都被官兵消滅了。

辨析  「倨」讀【據】，屬「人」部，本義是「傲慢」。「前倨後恭」是指先前傲慢無禮，後又謙卑恭敬，比喻待人勢利，態度轉變迅速。

    「踞」同讀【據】，本義是「蹲下」，故屬「足」部。「盤踞」就是指「佔據」。

## 330  蔚藍色 ✅   蔚籃色 ❌

例句  ❶ 大雨過後，天空出現一片迷人的**蔚**藍**色**。

    ❷ 高比・拜仁可以說是世界<u>籃</u>**球**界的巨星。

辨析  「藍」本指「藍草」，故屬「艸」部。這種藍草可以提煉出藍色的染料，因此「藍」又指「青藍色」。

    「籃」本指用竹、藤等物料編成的盛物器，因此屬「竹」部。「籃球」是一種把球投入籃網裏的運動。

## 331　胡謅 ✅　　胡縐 ❌

例句　❶ 他最喜歡**胡謅**，你可別輕信他說的話。

　　　❷ 別看他**文縐縐**的，一上足球場就變得勇猛非凡。

辨析　「謅」讀【周】，本義是「胡說」，故屬「言」部。「胡謅」就是胡亂地說。

　　　「縐」指表面有皺紋的紡織品，故屬「糸」部，又可以形容有皺紋的事物。至於「文縐縐」，則形容人言談、舉止溫文儒雅，在這個意思上，可以寫作「文謅謅」。

## 332　瞑目 ✅　　冥目 ❌

例句　❶ 兇手一天未被緝拿歸案，死者是不會**瞑目**的。

　　　❷ **苦思冥想**了一整天，他終於想出了一個好計策。

辨析　「冥」讀【明】，本義是「昏暗」，後來又指「陰間」、「幽深」。「苦思冥想」就是指深入地思考。

　　　「瞑」指「閉上眼睛」，因此屬「目」部。「瞑目」不但指「閉眼」，更比喻人死的時候沒有牽掛。

## 333　綿羊 ✅　　棉羊 ❌

例句　❶ 白雲像潔白的小兔，也像肥美的**綿**羊。

　　　❷ 冬天來了，媽媽從箱子裏拿出我的**棉襖**來。

辨析　「綿」屬「糸」部，本指「連續不斷」，後來指「精細的絲絮」。「綿羊」的羊毛像絲一樣精細柔軟，因此被稱為「綿羊」。

　　　「棉」本指「木棉樹」，故此屬「木」部。「棉襖」就是用棉花的種毛來紡織的衣服。

## 334 如鯁在喉 ✅　　如梗在喉 ❌

例句　❶ 他覺得**如鯁在喉**，只有痛哭一番才能釋懷。
　　　❷ 他把這部電影的**梗概**向大家介紹了一遍。

辨析　「鯁」讀【梗】，本義是「魚骨」，故屬「魚」部，後又指骨頭卡在喉嚨裏。「如鯁在喉」意指好像有魚骨卡在喉嚨，後比喻不把障礙除去則不能心安。

　　　「梗」的本義是植物的枝莖，故屬「木」部，後來解作「大概」。「梗概」就是指事情的大略情形。


## 335 絆倒 ✅　　拌倒 ❌

例句　❶ 感激**絆倒**你的人，因為他讓你雙腿和心靈更強壯。
　　　❷ 把肉碎和番茄醬**攪拌**在一起，就成為美味的肉醬。

辨析　「絆」本指勒馬的繩子，故此屬「糸」部。後來引申出「絆倒」的意思。「絆倒」是指走路時，腳部絆到東西，身體失去重心而跌倒。

　　　「拌」屬「手」部，現在多表示「攪和」。「攪拌」是指將不同的食材混合起來。


## 336 窮兵黷武 ✅　　窮兵讀武 ❌

例句　❶ 乾隆帝對外族**窮兵黷武**，是他治國上的一大污點。
　　　❷ **讀書**猶如穿梭於知識的大海，使人心情愉快。

辨析　「黷」讀【讀】，本義是「污垢」，故屬「黑」部。後來又指「濫用」，「窮兵黷武」就是指胡亂用兵，發動戰爭。

　　　「讀」的本義是「誦讀」、「閱讀」文章，因此屬「言」部。

## 29 复、復、複、覆的迷思

誤 覆色　　正 複式

複式單位，是指擁有上、下兩層的住宅單位。「複」就是「複疊」，「式」就是「形式」，正好說明上、下兩層重疊的特點。因此，「覆色」是錯誤的，因為「覆」並沒有「重疊」的意思。

「複」、「覆」、「復」是經常被混淆的字，加上它們的簡化字都寫作「复」，實在讓人大感頭痛。那麼它們之間有着甚麼分別呢？我們就先從「復」說起。

「复」是「復」的最初寫法，甲骨文寫作「」，上半部分是一間屋子，而下半部分的「夊」是「止」的倒寫。正因為與「止」的書寫方向相反，因此「夊」這個部件正好說明了「复」的本義：離開後再返回屋子（見右圖）。

為了強調用腳步行，後人就在「复」的左邊加上偏旁「彳」。「復」的本義就是「返回」，後來引申為「再次」、「重新」。因此許多帶有「復」的詞語，都包含「再次」的意思，例如「復活」，就是指重（復）生（活）；又如「回復」，就是指「返回」原本狀態；再如「反清復明」，就是推翻滿清，「重新」建立明朝。

至於「複」，屬「衣」部，本義是指「夾衣」，也就是用雙層布料做的衣服。因為複衣的布料共有上、下兩層，因此「複」就引申出「重疊」、「重複」之意。《史記‧留侯世家》說：「上（劉邦）在雒陽（洛陽）南宮，從複道望見諸將往往相與坐沙中語。」複道就是指上、下兩層重疊的通道，這跟「複式單位」的原理是一樣的。

又例如「複印」，就是將文件或圖樣重複印製，而正本和副本重疊起來是一樣的；再如「複利息」，就是指某一期結算出來的利息，會併入本金內，作為下一期的本金，並以此結算出新的利息。由於利息是不斷重疊的，因此就有「複利息」這名稱，而粵語有更生動的叫法——利疊利。

最後就是「覆」了。「覆」的本義是「翻轉」，譬如《楚辭‧思美人》中「車既覆而馬顛兮」一句，就是說車和馬都「翻轉」了；又如「顛覆」，就是指「推翻」政權、傳統等固有事物。

有趣的是，「覆」的部首是「襾」（讀【亞】）。清代文字學家王筠如此解釋「襾」這個部首：「冂是正門，自上覆乎下；凵是倒門，自下覆乎上。」就是指事物被上上下下的包圍着，所以「覆」的另一個意思，就是「覆蓋」。再者，「襾」由「凵」和「冂」兩個蓋子組成，很有「互相往還」的意味，因此「反覆」、「回覆」、「答覆」等詞語都有着這個意思。

大家只要緊記這法則：「復」強調再次、返回；「複」強調重疊、重複；「覆」強調翻轉、往還，就可以避免把這三個字混淆了。

# 文字辨析

## 337 黯然失色 ✓　暗然失色 ✗

例句　❶ 如果生命沒有智慧，就會變得**黯**然失色。
　　　❷ 人生如畫，應該多點亮麗色彩，少點灰**暗**色調。

辨析　「黯」讀【am2】，本義是深黑色，故屬「黑」部；又可以指
「昏暗」、「心神沮喪」。「黯然失色」是指事物黯淡、失去光
彩，也指人變得沮喪。
「暗」本來指太陽光線不足，故此屬「日」部，後來引申出
「暗地」、「愚昧」等意思。

## 338 專橫跋扈 ✓　專橫拔扈 ✗

例句　❶ 這個惡霸專橫**跋**扈，終於受到法律的制裁。
　　　❷ 幾經辛苦，牙醫終於把我的智慧齒**拔**出了。

辨析　「跋」讀【拔】，本義是「跌倒」，故屬「足」部。後來又指「踩
踏」，因而引申出「蠻橫霸道」的新字義。「專橫跋扈」就是
指獨斷橫行，蠻不講理。
「拔」本來指「抽出」、「拉出」，故屬「手」部。「拔出」意
指使物體脫離原來的位置。

## 339 壁壘 ✓　璧壘 ✗

例句　❶ 他們兄弟之間壁**壘**森嚴，互不來往已多年了。
　　　❷「和氏**璧**」是天下珍寶，不能輕易落入秦王手裏。

辨析　「壁」的本義是「牆壁」，古代牆壁是用泥土堆砌的，故此屬
「土」部。「壁壘」本指軍營的圍牆，後來比喻人、事、物對
立的界限。
「璧」是指「璧玉」，因此屬「玉」部。「和氏璧」是春秋時
代卞和獻給楚屬王的玉璞。

## 340　竹竿 ✅　竹桿 ❌

例句　❶ 他的兩條腿又長又瘦，像兩根**竹竿**似的。

❷ 魯迅利用手中**筆桿**寫出了多部振聾發聵的作品。

辨析　「竿」讀【肝】，本指竹子的主幹，故屬「竹」部。「竹竿」就是用竹子的莖幹做成的長竿。

「桿」同讀【肝】，是指細長的木頭，故屬「木」部。「桿」又可用作形容細長的東西，譬如「筆桿」，本指筆的柄桿，後借指文人的筆。

## 341　開闢 ✅　開僻 ❌

例句　❶ 在荊棘道路上，唯有憑着信念，才能**開闢**出康莊大道。

❷ 爺爺的故鄉位處**偏僻**的山區，交通很不方便。

辨析　「闢」的本義是「推開」、「開啟」，故此屬「門」部，後來引申為「開闢」。「開闢」是指「開拓」，強調從無到有地打通、創建。

「僻」屬「人」部，本義是「避開」，後來引申出「偏遠」、「生僻」等詞義。「偏僻」是指遠離城市，交通不便。

## 342　汲汲**營營** ✅　吸吸營營 ❌

例句　❶ 我們每天**汲汲營營**地工作，到底是為了甚麼？

❷ 夜深了，房間寂靜得連**呼吸**聲都聽得見。

辨析　「汲」讀【吸】，本義是「急」，也可以指從井中取水。「汲汲」是形容努力求取、不休息的樣子。「汲汲營營」則多指急切求取名利的樣子。

「吸」本指吸氣入體內，故屬「口」部。「呼吸」就是指吸入氧氣、呼出二氧化碳的過程。

## 343 屏息靜氣 ✅　摒息靜氣 ❌

例句 ❶ 同學們都**屏息靜氣**地聽老師講課。

❷ 我們應**摒除**一切困難，勇往直前。

辨析 「屏」讀【平】，本來指對着大門的矮牆，後來引申為「屏障」、「屏風」。「屏」也可以讀【丙】，意指「停止」，「屏息靜氣」就是指止住呼吸。

「摒」讀【迸 bing3】，解作「排除」，故此屬「手」部。「摒除」就是指「排除」、「除去」。

## 344 反面 ✅　返面 ❌

例句 ❶ 作家羅曼羅蘭説：「善與惡是錢幣的正、**反面**。」

❷ 犯了錯誤不要緊，最重要是**迷途知返**。

辨析 「反」的本義是攀爬，後來又表示「翻轉」、「反覆」、「反叛」。「反面」是指事物的背面，與「正面」相對。

「返」屬「辵」部，與「行走」有關，本義就是「返回」、「回來」。「迷途知返」是指覺察自己走上錯誤之途，於是回頭並加以改正。

## 345 滄海一粟 ✅　蒼海一粟 ❌

例句 ❶ 在茫茫宇宙中，地球只是**滄海一粟**而已。

❷ 為了**蒼生**，他寧可與皇帝抗衡，冒死勸諫。

辨析 「滄」的本義是「寒冷」，後來又指「深藍色」。「滄海」是指「大海」。

「蒼」本指草木的顏色，故屬「艸」部。「蒼生」本來指草木生長，後來比喻百姓。「蒼」又可以指白色、深青色。

## 346 轉圜 ✓　轉寰 ✗

例句　❶ 你一旦說出這句話，就再沒有**轉**圜的餘地了。
　　　❷「二次大戰」是歷史上慘絕**人**寰的事件之一。

辨析　「圜」的本義是天體，讀【圓】，後來引申為「圓形」；「圜」
　　　也讀【環】，指「環繞」、「圍繞」，「轉圜」是指「挽回」、
　　　「調停」。
　　　「寰」讀【環】，意指「大地」。「人寰」就是「人間」。「慘
　　　絕人寰」是形容事情悲慘到極點。

## 347 驚慄 ✓　驚栗 ✗

例句　❶ 史提芬·京是世界知名的**驚**慄小說大師。
　　　❷ 每到冬天，許多小販都會在街上售賣炒栗子。

辨析　「栗」就像栗樹（木）上長滿帶毛刺的果實（覀），其本義就
　　　是「栗子」，故此屬「木」部。
　　　「慄」的本義是「畏懼」、「恐懼」，由於與心理狀態有關，
　　　因此屬「心」部。由於「慄」的簡化字是「栗」，故兩個字
　　　經常被混淆。

## 348 詬病 ✓　垢病 ✗

例句　❶ 該總統因言行偏激而經常遭人詬病。
　　　❷ 流言猶如**污**垢，時間久了就會自然消失。

辨析　「詬」讀【夠】，屬「言」部，本義是「恥辱」，後來引申出「指
　　　責」的意思。「詬病」就是指出他人過失並加以非議、責備。
　　　「垢」屬「土」部，本義是「污濁物」。「污垢」就是指骯髒、
　　　污穢的東西。

# 30 關於「綫」的一二趣談

**誤** 快綫　　**正** 快線

　　嚴格來説，「線」和「綫」是正字和俗字的關係。有趣的是，這兩個字在不同時期有着不同的正、俗標準。

　　清朝人段玉裁在《説文解字注》中這樣説：「許時古『線』今『綫』。晉時則為古『綫』今『線』。」先秦時代是以「線」為正字的，漢代（「許」即漢朝人許慎）改用「綫」為正字，到晉代（「晉」即晉朝人晉灼）又改回以「線」為正字，並沿用到今日。段玉裁因而慨歎説：「文字古今轉移無定如此。」

　　其實，今日何嘗不是這樣？香港的《常用字字型表》和臺灣的《常用國字標準字體表》皆取「線」為正，內地的《簡化字總表》則取「綫」為正，並簡化作「线」。足見，文字正俗的標準，不但取決於時代的變遷，更取決於地域的不同。

香港以「線」為正體字，不過許多地方還可以看到「綫」的蹤影，例如港鐵的路「綫」名稱，或街道上的一些路牌。至於筆者，則比較喜歡用「綫」，因為這寫法更符合其字義。我們先從「綫」的部件「戋」說起。

「戋」是「戋」的甲骨文寫法，由兩枝相對的兵器「戈」組成，有「殘害」之意，正是「殘」的最初寫法。我們提過「右文說」（見〈從「杲」到「右文說」〉），是指部分形聲字右邊的聲符，同時具備表意的功能。這聲符與不同的部首結合時，能組成一系列具有共同意義的形聲字，除了「杲」，「戋」也是經典例子。

據文字學家裘錫圭先生所說，包含部件「戋」的字，字義可分為兩大類：第一與「殘損」有關，第二與「淺小」有關。前者的例子有「殘」、「戔」（讀【產】，指毀滅）；後者的例子有「淺」（水不深）、「賤」（地位低）、「盞」（身淺口闊的小杯子）等。至於「綫」，《說文解字》解作「細縷」，即「幼細的絲縷」，正屬於表示「淺小」的類別。

「泉」和「戋」都是聲符，可是「戋」卻多了一層可解的意義，這就是筆者喜歡用「綫」的原因。有時，俗字也有可取的地方。

# 文字辨析

## 349　舶來品 ✅　　泊來品 ❌

例句　❶ 粟米、番石榴和馬鈴薯都是來自美洲的**舶**來品。
　　　❷ 這裏是禁區範圍，是不能**停**泊車輛的。

辨析　「舶」讀【薄】，本義是「大船」，故屬「舟」部。「舶」也可以指越洋的海船，「舶來品」就是指海船帶來的外國貨品。
　　　「泊」同讀【薄】，本義是「淺水」，故屬「水」部。也可解作「湖泊」、「淡泊」等。當解作「停泊」時，則讀【拍】。

## 350　蹉跎 ✅　　磋跎 ❌

例句　❶ 我們要珍惜光陰，認真學習，不要**蹉跎**歲月。
　　　❷ 經過反覆**磋**商，雙方終於達成了協議。

辨析　「蹉」讀【初】，屬「足」部，一般與「跎」組成詞語「蹉跎」，表示失足跌倒，後來也指虛度光陰。
　　　「磋」同讀【初】，本指「琢磨」，故此屬「石」部。後來引申為「商討」，「磋商」就是指「互相商議，交換意見」。

## 351　最後通牒 ✅　　最後通諜 ❌

例句　❶ 老闆向他發出了**最後通**牒：下午五點前離開公司。
　　　❷ 戰爭期間，敵我雙方必定會派出**間**諜，刺探軍情。

辨析　「牒」屬「片」部，本指用來書寫的竹簡或木片，後引申為「文書」。「通牒」指由某國通知另一國，並要求對方答覆的外交文書；「最後通牒」則是採取軍事行動前的最後一份通知，要求對方回覆。
　　　「諜」屬「言」部，今天的主要意思是「間諜」，也就是刺探敵人消息的人。

## 352　酒吧 ✅　　酒把 ❌

例句　❶ 生意失敗的他，每晚都到**酒**吧借酒澆愁。
　　　❷ 對於這件事，他**把**持不定，無法作出判斷。

辨析　「吧」讀【罷】，一般用作語氣助詞，故此屬「口」部。讀【爸】時，一般用作英語「Bar」的音譯，也就是「酒吧」。
　　　「把」的本義是「握持」，因此屬「手」部。「把持不定」是指意志不堅定。

## 353　白雪皚皚 ✅　　白雪凱凱 ❌

例句　❶ 山頭**白雪**皚皚，山下松柏蒼蒼，北國風光多壯麗！
　　　❷ 大批市民到機場歡迎凱**旋**歸來的香港運動員。

辨析　「皚」讀【呆】或【藹】，一般重疊使用，意指「潔白」，尤多形容霜雪的白色，因此屬「白」部。
　　　「凱」讀【海】，指軍隊得勝所奏的樂曲，後來借指「勝利」，「凱旋」意指獲勝歸來。

## 354　鐵甲奇俠 ✅　　鐵甲奇狹 ❌

例句　❶ 為了保護地球人，「**鐵甲奇**俠」最終壯烈犧牲了！
　　　❷ 他為人心胸狹**隘**，不能夠與人和平共處。

辨析　「俠」是指輕財仗義、以武藝打抱不平的人，故此屬「人」部。「鐵甲奇俠」就是以鋼鐵為盔甲，並以高科技來打擊惡勢力的俠士。
　　　「狹」屬「犬」部，本義為橫向的距離小，也就是「狹窄」，後來又指人的見識或心胸不夠廣闊，也就是「狹隘」。

## 355 贊同 ✅ 讚同 ❌

例句　❶ 聽到他的建議後，我怦然心動，立即表示贊同。
　　　❷ 觀眾十分讚賞劇團這次的演出。

辨析　「贊」的本義是「進見」，後來表示「同意」。「贊同」就是指「贊成」、「同意」。
　　　「讚」屬「言」部，表示「稱美」、「頌揚」。「讚美」就是指「稱讚」、「稱許」。

## 356 根據 ✅ 跟據 ❌

例句　❶ 這部電影是根據真人真事改編的。
　　　❷ 她發覺身後有人跟蹤自己，便警惕起來。

辨析　「根」是指植物的根部，故屬「木」部，後來引申為事物的基礎、本源。「根據」就是指把某事情作為依據。
　　　「跟」的本義是「腳後跟」或「腳踭」，故屬「足」部，後來引申為「跟隨」、「跟蹤」。

## 357 准許 ✅ 準許 ❌

例句　❶ 他再三請求老師准許他參加這次夏令營活動。
　　　❷ 利用電腦計算貨倉存貨量，真的又快捷又準確。

辨析　「准」起初寫作「準」。「準」的其中一個字義是「許可」，這字義後來演化出屬「冫」部的「准」字。
　　　「準」的本義是指水「平穩」，後引申出「水準」、「準確」、「準備」等字義。

## 358　白皙 ✅　　白晰 ❌

例句　❶ 他經常到海灘浸日光浴，可是皮膚卻依然**白皙**如雪。
　　　❷ 表達**清晰**比起用辭優美更為重要。

辨析　「皙」讀【色】，本義就是皮膚白，故屬「白」部，「白皙」
　　　形容人的皮膚潔白細緻。
　　　「晰」同讀【色】，屬「日」部，本義是「清楚」、「明白」，
　　　也就是「清晰」的意思。

## 359　哪怕 ✅　　那怕 ❌

例句　❶ **哪怕**是在滴水成冰的日子，他也堅持冬泳。
　　　❷ 小河這邊的他和**那邊**的她遙遙相對。

辨析　「那」用作指示代詞，指稱較遠的人或物，與「這」相對。
　　　「哪」屬「口」部，一般用作疑問代詞，如「哪裏」、「哪天」
　　　等。「哪怕」是關聯詞，相當於「就算」。

## 360　渡海小輪 ✅　　度海小輪 ❌

例句　❶ 我最喜歡乘坐**渡海小輪**，欣賞海港風光。
　　　❷ 爺爺和嫲嫲決定乘坐郵輪**度假**。

辨析　「度」讀【鐸 dok6】時，解作「量度」；讀【杜】時則解作「制
　　　度」、「標準」、「經歷」。在「經歷」這個字義下，「度」一
　　　般與表示時間的詞語合用，譬如「度假」、「度日如年」等。
　　　「渡」的本義是「過河」，故屬「水」部。「渡」多用於表示
　　　空間的概念，譬如「渡海」、「共渡難關」等。

# 「字」測加油站（六）

選出括號裏適當的文字，把答案圈起來。

1. 媽媽替我的恤衫重新縫上（鈕 / 紐）扣。

2. 青海湖是中國最大的內陸湖（泊 / 舶）。

3. 炎炎夏日，（遊 / 游）泳池裏擠滿了人。

4. 近年來，紙杯蛋糕備受廣大市民的青（來 / 睞）。

5. 街道兩旁栽種了高大（鋌 / 挺）拔的鳳凰木。

6. 圖書館內不準（喧 / 暄）嘩，請大家保持安靜。

7. 大臣都（俯 / 腑）伏在地，朝拜剛登基的皇帝。

8. 如果沒有春天的耕耘，就沒有秋天的收（獲 / 穫）。

9. 調解員可以協助解決（糾 / 赳）紛，避免對簿公堂。

10. 這個機會得來不易，你為甚麼要把它糟（榻 / 蹋）呢？

11. 老鼠一聽見花貓「喵」的一聲，就嚇得（拔 / 跋）腿逃跑。

12. 別在黑暗中直視電視（螢 / 熒）幕，這樣會令視力受損。

13. 這顆巧克力用金（璨璨 / 燦燦）的包裝紙包着，十分吸引。

14. 叔叔白髮（蒼蒼 / 滄滄），有誰想到他還未到不惑之年呢！

15. 這幢大廈的外（型 / 形）十分新穎，難怪獲得年度建築大獎。

下列各句都有一個別字，請把它圈起來，並在橫線上改正。

16. 為了混餚視聽，他編造了許多謠言。　　　＿＿＿＿

17. 這家公司聽聞此事後，馬上出面僻謠。　　　＿＿＿＿

18. 泳客要經過消毒水廉，方可進入泳池。　　　＿＿＿＿

19. 事已至此，唯有破斧沉舟，放手一搏。　　　＿＿＿＿

20. 小息時，我喜歡走到操場上紆展筋骨。　　　＿＿＿＿

21. 這個球場能夠同時容訥四萬人欣賞賽事。　　＿＿＿＿

22. 面對混亂的價值觀，我們應該撥亂返正。　　＿＿＿＿

23. 經過搶救，病人的脈博終於穩定下來了。　　＿＿＿＿

24. 因為頑疾纏身，外婆最終在醫院撒手塵圜。　＿＿＿＿

25. 因為不懈的努力，他諦造了一個個商業傳奇。＿＿＿＿

26. 都說人死後可以概棺定論，這說法並不準確。＿＿＿＿

27. 周幽王峯火戲諸侯，只是為了博得褒姒的一笑。＿＿＿＿

28. 爸爸翻厢倒籠，卻依然找不到爺爺給他的遺物。＿＿＿＿

29. 爺爺說他人生最大的遺撼是未能完成大學的學業。＿＿＿＿

30. 對於政府推出的醫保方案建議，市民的反應兩殛。＿＿＿＿

# 參考答案

| 「字」測加油站（一） | 「字」測加油站（二） | 「字」測加油站（三） |
|---|---|---|
| 1. 楷 | 1. 眨 | 1. 幽 |
| 2. 箴 | 2. 爍 | 2. 鵲 |
| 3. 管 | 3. 繼 | 3. 尊 |
| 4. 匆匆 | 4. 肆 | 4. 趾 |
| 5. 栗 | 5. 盲 | 5. 部 |
| 6. 籍 | 6. 咄咄 | 6. 翠 |
| 7. 摒 | 7. 末 | 7. 蹤 |
| 8. 哀 | 8. 准 | 8. 刻 |
| 9. 苔 | 9. 伐 | 9. 須 |
| 10. 裨 | 10. 枕 | 10. 識 |
| 11. 乖 | 11. 茶 | 11. 邪 |
| 12. 戴 | 12. 仰 | 12. 明 |
| 13. 延 | 13. 酒 | 13. 再 |
| 14. 捧 | 14. 冶 | 14. 雜 |
| 15. 崇祟 | 15. 滔滔 | 15. 乎 |
| 16. 誤：剌；正：刺 | 16. 誤：隱；正：穩 | 16. 誤：示；正：事 |
| 17. 誤：訢；正：訴 | 17. 誤：綠；正：錄 | 17. 誤：誔；正：旦 |
| 18. 誤：詛；正：咀 | 18. 誤：亥；正：閡 | 18. 誤：湧；正：擁 |
| 19. 誤：貧；正：貪 | 19. 誤：褍；正：遞 | 19. 誤：帶；正：戴 |
| 20. 誤：折；正：拆 | 20. 誤：侍；正：待 | 20. 誤：疢；正：咎 |
| 21. 誤：丐；正：丐 | 21. 誤：徙；正：徙 | 21. 誤：恭；正：躬 |
| 22. 誤：兢；正：競 | 22. 誤：斐；正：蜚 | 22. 誤：醒；正：省 |
| 23. 誤：杉；正：彬 | 23. 誤：贖；正：續 | 23. 誤：循；正：巡 |
| 24. 誤：娉；正：聘 | 24. 誤：暑；正：署 | 24. 誤：心；正：深 |
| 25. 誤：灸；正：灸 | 25. 誤：寵；正：龐 | 25. 誤：掃；正：素 |
| 26. 誤：弧；正：孤 | 26. 誤：愎；正：復 | 26. 誤：世；正：勢 |
| 27. 誤：裹；正：裹 | 27. 誤：夾；正：浹 | 27. 誤：頌；正：誦 |
| 28. 誤：貽；正：殆 | 28. 誤：醬；正：漿 | 28. 誤：故；正：顧 |
| 29. 誤：僕；正：撲 | 29. 誤：殫；正：憚 | 29. 誤：造；正：做 |
| 30. 誤：鈎；正：釣 | 30. 誤：融；正：熔 | 30. 誤：套；正：吐 |

## 「字」測加油站（四）

1. 汽
2. 鈴
3. 劃
4. 猾
5. 虹
6. 擠
7. 辯
8. 跨
9. 籌
10. 藹
11. 煉
12. 弈
13. 矚
14. 謾
15. 鋼
16. 誤：禁；正：襟
17. 誤：軀；正：驅
18. 誤：詳；正：祥
19. 誤：詼；正：恢
20. 誤：恰；正：洽
21. 誤：彩；正：綵
22. 誤：布；正：佈
23. 誤：盤；正：盆
24. 誤：姓；正：性
25. 誤：契；正：鍥
26. 誤：道；正：導
27. 誤：如；正：茹
28. 誤：陪；正：培
29. 誤：惡；正：噩
30. 誤：癲；正：巔

## 「字」測加油站（五）

1. 嚮
2. 像
3. 弛
4. 懺
5. 矛
6. 兌
7. 恍
8. 缺
9. 凋
10. 密
11. 菲
12. 捍
13. 亢
14. 惱
15. 距
16. 誤：糜；正：靡
17. 誤：諭；正：喻
18. 誤：仿；正：彷
19. 誤：防；正：妨
20. 誤：撤；正：澈
21. 誤：飭；正：飾
22. 誤：謹；正：僅
23. 誤：小；正：少
24. 誤：縱；正：蹤
25. 誤：姍；正：珊
26. 誤：峙；正：恃
27. 誤：瑕；正：暇
28. 誤：飽；正：包
29. 誤：磬；正：罄
30. 誤：宵；正：霄

## 「字」測加油站（六）

1. 鈕
2. 泊
3. 游
4. 眛
5. 挺
6. 喧
7. 俯
8. 穫
9. 糾
10. 躅
11. 拔
12. 熒
13. 燦燦
14. 蒼蒼
15. 形
16. 誤：餚；正：淆
17. 誤：僻；正：闢
18. 誤：廉；正：簾
19. 誤：斧；正：釜
20. 誤：紓；正：舒
21. 誤：訥；正：納
22. 誤：返；正：反
23. 誤：博；正：搏
24. 誤：圜；正：寰
25. 誤：諦；正：締
26. 誤：概；正：蓋
27. 誤：峯；正：烽
28. 誤：廂；正：箱
29. 誤：撼；正：憾
30. 誤：殛；正：極

| | | |
|---|---|---|
| 策劃編輯 | 梁偉基 | |
| 責任編輯 | 張軒誦 | |
| 書籍設計 | 吳冠曼 | |

| | | |
|---|---|---|
| 書　　名 | 港生活‧學正字 | |
| 著　　者 | 田南君 | |
| 插　　圖 | 廖鴻雁 | |
| 協　　力 | 邵詠融@田南工作室 | |
| 出　　版 | 三聯書店（香港）有限公司 | |
| | 香港北角英皇道 499 號北角工業大廈 20 樓 | |
| | Joint Publishing (H.K.) Co., Ltd. | |
| | 20/F., North Point Industrial Building, | |
| | 499 King's Road, North Point, Hong Kong | |
| 香港發行 | 香港聯合書刊物流有限公司 | |
| | 香港新界大埔汀麗路 36 號 3 字樓 | |
| 印　　刷 | 美雅印刷製本有限公司 | |
| | 香港九龍觀塘榮業街 6 號 4 樓 A 室 | |
| 版　　次 | 2020 年 7 月香港第一版第一次印刷 | |
| 規　　格 | 特 16 開（150 × 210 mm）208 面 | |
| 國際書號 | ISBN 978-962-04-4685-6 | |